永《えい》遠《えん》の門《もん》

河相《かわい》洌《きよし》

文芸社

亡き友Kくんに

永遠の門　目次

雲と遊ぶ少年

一

八月、朝の太陽が伊豆の山々を隈なく照らしていた。この地方の素封家、甲野家の末っ子太吉は、大きなあくびを一つしてから中庭に飛び出した。

「今日はどこで遊んでやろうかな。やはり蔵がいい」彼はそう腹を決めた。

夏も盛りの一日、少年太吉はまた蔵の中で遊ぼうと思い立っていた。彼の家には代々伝わる大きな土蔵があったのだ。壁の厚い土蔵は、外の熱気を避けてくれる。ひんやりした冷気と、湿気を帯びた蔵独特の臭気を太吉は好んでいた。

「茶の間の神棚の裏に鍵はある筈だ」

彼はそっと茶の間を覗いて見た。誰もいない。この時とばかり、彼は神棚の後ろから鍵を探し出すと蔵へと向かっていた。

蔵の一階には新旧取り混ぜて色々な品が雑然と置かれているが、二階へ上がると様子ががらりと変わる。祖先伝来の品であろうか、鎧櫃《よろいびつ》、長もちなどが整然と置かれ、壁には長柄の槍がかけられている。太吉はこの槍がお好みだった。鈍い光を発する穂先を眺めていると、何となく力が沸いて来るのだった。何時《いつ》ぞやのこと、そっと蔵から持ち出し、庭の立ち木目掛けて突き刺した。快感が全身を貫いたが、生憎《あいにく》父の為蔵に見つかり、酷く叱られたことがあった。太吉にとって一番怖いのは為蔵である。言葉で叱られるだけでなく、鉄拳が飛んで来るからだ。その点母のとみは決して声を荒げて叱らない。理を通し、諄々《じゅんじゅん》と諭すのだった。それだけに彼はとみを最も敬愛していた。

太吉は槍を手に取ると、身構えたり、繰り出したりして楽しんでいたが、やがて槍を元の所に戻すと、「眠くなったたな。少し寝るか」と藁布団の上にごろりと横になり、他愛もなく寝込んでしまった。

その時である。風一つたたない蔵の中に一陣の風が流れたかと思うと、鎧櫃の後ろから頭に布を巻き、鎧に身を固めた一人の武将がぬっと姿を現した。眼光炯炯《けいけい》たる侍は太吉に向かって声をかけた。

「太吉よ。わしはお前達の祖先甲野一斎じゃ。太吉、何も怖がることはない。これからお前達の祖先の話をしてつかわそう。

　わし達は最初甲斐の国の大名武田信玄様に祐筆として仕えておった。だが武田様が滅んだ後は、職を失い、駿河の国、伊豆の一角において土と親しむ身となったのだ。ところが当時相模、武蔵の国一帯を支配する北条氏輝様に招かれ、再び祐筆の仕事を務めるようになった。祐筆とはな、殿様の書簡を筆記したり、記録をとったり、つまり今で言えば秘書の役と言ってよかろう。だがな、戦国の武士は筆が立つだけでは相済まぬと思うてな、武芸の稽古にも力を入れたものだ。特に槍の稽古には人一倍熱心だった。その結果、槍については藩中一、二といわれる程になったのだ。殿はこれを大変喜ばれ、二、三の城を任された後、わしを八王子城の城主に抜擢されたのだ。八王子城は小田原城の裏手を守る重要な城だ。わしにとって最高の名誉じゃった。この殿のために、一命を捧げる覚悟は出来ておったのだ。

さて天正十八年、時の関白豊臣秀吉公によって、所謂《いわゆる》小田原攻めが始まった。敵の軍勢は三十五万、我が方は足軽、雑兵を集めても二十万に過ぎなかった。それでも殿は秀吉の軍門に下ることを潔しとはされなかったのだ。

八王子城に攻め寄せたのは、前田利家殿を総大将とする三万五千の北陸勢だった。前田殿は情けの厚い御方でな、徒《いたずら》に殺傷することを好まれなかった。先ず開城勧告を推《すす》め、出来る限り平和にことを計ろうとされた。これは秀吉殿の意に逆らうものだった。八王子城にも当然開城勧告が伝えられた。我らは夜を徹して開城か否かの評定を開いた。「徹底抗戦」を主張する者あり、「人命尊重」を叫ぶ者あり、議論は百出だったが、わしはこう申した。

「殿のご恩に報ゆるべく、城を枕に討ち死にし、名を後世に残そうではないか」

わしの一言で議論は決着した。わしは早速開城勧告拒絶の書状を認《したた》め、正式の使いが現れるのを待った。

翌朝木村某と申す若い侍が、四名の家来とともに我が陣屋に参った。幔幕を張った中央に床几《しょうぎ》を据え、正使の体面を示そうと顎を突き出しおうた。わしはその鼻先に書状を突きつけ、「回答はこれじゃ。拒絶じゃ」と大声で呼ばわった。「すは」と相手が立ち上がったところを、わしは一太刀浴びせた。相手は脆《もろ》くも床几から転がり落ちた。そこをすかさずわしはとどめを刺した。家来どもは刀を抜いたが、四方から槍ぶすまが、手も足も出させなんだ。彼らは主人の遺体を担ぎ、ほうほうの体で引き揚げて行ったわ。

この仕打ちに前田殿はさぞ怒られたのであろう。「全軍総攻撃！」の命が下ったようだ。三万の大軍が群れをなし攻め寄せて来た。

これに対し、我等も全力を尽くして防戦した。要所である一番手、二番手、三番手を猿の如く駆け回り、攻め上ろうとする敵に向かって矢の雨を降らせ、鉄砲を放ち、石まで投げつけた程だった。だが多勢に無勢、城の運命は解っておった。わしも矢傷を負うこと三箇所に及び、力も限界に達してきた。敵の手にかかって果てるより、我と我が命を絶たんと思い、城の奥に退き、弟彦次郎に介錯《かいしゃく》を頼み、腹十文字にかき切って果てたのだった。

小田原城も同様であった。氏輝様は切腹。北条氏は完全に滅び、その所領は徳川殿のものとなった。だが我ら甲野家はその後も生き続けた。わしは既に家督を息子の修膳に譲っておったが、彼は刀を捨て、農民に戻ったのだ。こうして徳川の時代になっても、甲野の家は賢く生き続けたのだ。太吉。わしの話はお終いじゃ」

そう言い残すと、音もなく鎧櫃の後ろに姿を消した。

蔵の中は静まりかえり、太吉の寝息だけが微かに伝わっていた。

「太吉、起きなさい。太吉……」

母のとみが側に跪《ひざまず》いていた。

彼はその声にはっと我に帰り、半身を起こした。

「おっかさん。今夢の中でご先祖と会ってきた」

「そんなことってありますか？」

「本当だよ。名前はよく解らなかったけれど、鎧を着て、頭をぐるぐる捲きにしたお侍だった」

「家のご先祖様は甲野一斎様という方ですよ、桓武天皇から始まる家系図に……。今度お父さんに見せてお貰いなさい」

「うん」

「太吉。お蔵にそうそう入るもんじゃありませんよ」

とみは諭すように言うと、先にたって蔵を出て行った。太陽が燦燦《さんさん》と照り輝いている。

「俺、目覚ましに泳いで来るよ」

太吉はそう言い残すともう走り出していた。

狩野川の流れは速い。太吉は何時も泳ぎ慣れている所へ行くと素っ裸になり、ざんぶと飛び込んだ。泳ぎには自信があった。抜手を切り、口に入る水をぷうぷう噴出しながら無心になって泳いだ。こうしている時が、彼にとっては最上の喜びだったのだ。

やがて対岸に泳ぎ着くと、太吉は大きな石に座り、まぶしげに太陽を仰いだ。

「俺んちのご先祖様には偉い人がいたんだな。俺もああいう侍になってみたいもんだ」

彼は蔵の中で出会った甲野一斎のことを考えていた。

「ようし！」

彼は立ち上がると足元の石を拾い、二つ三つと川に向かって投げ飛ばした。

二

日盛りの中を、母のとみは、太吉が通う小学校へ向かっていた。担任の黒沢から「ちょっと」と呼び出されていたからだった。

「また太吉の悪戯《いたずら》のことだろうかしら。勉強のことはそうそう問題はないと思うけれど……」

そう考えると矢張り気が重かった。

山川集落一の素封家の主婦として、とみは誰からも敬意を払われていたが、黒沢も同様だった。

「お忙しいところをご足労戴き恐縮です」

そう前置きをしてから、「実は太吉君のことですが、時々学校を抜け出しましてな。授業が始まってもおりませんので探したところ、川で魚を釣っておりました。その次は藁束を摘んで山の中で寝ておりましたような次第で……。こういうことをちょくちょくやられては困りますので、どうぞお宅でもよく言い聞かせてやって下さい」

彼は困ったと言いながら、苦笑いを浮かべていた。

「ご迷惑をおかけして申し訳ございません。よく申し渡しておきます」

とみは丁寧に頭を下げた。

その日の夕刻、とみは太吉を居間に呼んだ。

「太吉。お前学校でこんなことをしたそうだね。お前は楽しいかもしれないけれど、人様に迷惑をかけてはいけませんよ。勉強は勉強、遊びは遊びと、はっきり分けておくれ」

「はいお母さん。御免なさい」

優しいが威厳のある母の一言に、太吉は何時もおとなしく従っていた。

その夜の寝物語に、とみは昼間の一件を夫に語った。

「ふうん。学校を抜け出るとはよくないことだ。だがお前さんから意見されて、よく解ったのならそれでよかろう。実はわしも子供の頃、同じようなことをやったから、大きな顔も出来んよ」

「まあ！」

二人は思わず顔を見合わせて笑った。

甲野の家の庭は、少年野球が出来る程広い。そこに欅、栃、樒などの巨木が林立している。そのため落葉の時期となると、庭一面落ち葉で覆われる。為蔵は、落ち葉掃きの仕事を太吉に割り当てていた。

「お父さんが帰る迄に、必ず掃き寄せておくんだぞ」

父の命令は絶対至上である。

「はいお父さん」

太吉はそう言ったものの、遊びほうけて時折忘れることがあった。為蔵はこの怠慢を決して許さなかった。

「また忘れたのか。駄目だぞ！」

叱責とともに鉄拳が一発飛んでくる。だが一度叱れば、後はからっとする大らかな父親であった。

太吉の悪戯小僧ぶりは、山川集落ではつとに知られていた。「今日は誰かを脅かしてやろう。行商の小母さんがいいかな」

腹を決めると、彼はその辺りをのろのろきている蛇を捕まえに行った。

山川集落には、時折行商人の小母さんがリヤカーを曳いてやって来る。町へ行かなければ買えない品を持って来るので、人々は重宝がっていた。小母さんは年恰好五十くらい、ひどく部厚い眼鏡を掛けていた。恐らく強度の近視眼であろう。太吉はそこに目をつけた。リヤカーのハンドルに捕まえた蛇を巻き付け、小母さんにそれを握らせようとしたのだった。

太吉は人知れずこっそりやった心算《つもり》だったが、同級生の光子が、何処《どこ》からかこの悪さを盗み見ていた。

「太吉ちゃん、またあんなことをして……」

彼女は顔を曇らせたが、これも面白さ半分で、そっと物陰に隠れていた。

一商売終わった小母さんは「さて次はどちら」と何気なくハンドルを握ったから堪らない。「きゃあっ！」と叫ぶなり、その場に転倒してしまった。弾みを食らってリヤカーもひっくり返り、積み荷は辺りに散乱。目も当てられぬ惨状となった。

「どうした。どうした」

集落の人達が駆けつけ、小母さんを介抱したり、リヤカーを元の状態に戻すやら、大変な騒動になってしまった。

「しめしめ、上手くいったぞ」

太吉は内心ほくそ笑んだが、悪事は忽ち露見してしまった。

「小母さん、あれをやったのは太吉ちゃんですよ」

光子が告げ口をしたからだった。

「まあ……」

とみは後に続ける言葉もなかったが、何食わぬ顔をして帰って来た太吉を呼び止め、その場に座らせた。

「太吉、お前、人様を傷つけるようなことをしてはいけませんよ。お父さんがお帰りになったらお話ししますよ」

とみは総《すべ》てを夫に任せた。

夕刻帰って来た為蔵は、とみから昼間の一件を聞かされると、「ううん」と唸った。

「太吉を呼んで来い。お仕置きだ」

彼は恐る恐る入って来た太吉の両手を縛り、引き摺るように蔵の前へ連れて行った。

「今晩一晩ここへ入っていろ。充分反省したら許してやる」

重い扉が開かれ、太吉は薄暗い空間に放り込まれてしまった。

「馬鹿なことをした。今晩は飯にありつけないぞ」

そう思うと何だか悲しくなり、へたへたとその場に座りこんでしまった。

どれだけ時がたったろうか。真っ暗な闇の中で、蔵の扉ががたがたと開けられ、蝋燭を持ったとみが立っていた。

「太吉。よく解りましたか。今度だけはお父さんに侘びを入れてあげるから、……」

母の優しい一言が彼の心を揺さぶった。

「お母さんの侘びがなかったら、一晩中蔵の中だったんだぞ。今度同じようなことをやったら梁からぶら下げてやるぞ」

為蔵は一段と厳しい顔つきで宣告した。

「すみません。御免なさい」

太吉は畳に頭をすりつけ、泣きじゃくっていた。

三

「太吉、ちょっと来い」

縁側から父の為蔵が、庭の片隅で草取りをしている太吉に声をかけた。

「はいお父さん」

太吉は立ち上がると、手の土を払い落とし父の居間に急いだ。入ってみると、母のとみと四人の兄姉が畏まって座っている。「何かあるな」そう直感した彼は末席に座った。

「皆揃ったな。それでは始めよう」

ここで為蔵は、一つ咳払いをした。

「実はな。今、古奈に御滞在中の定明皇太后様が、古い農家を御覧になりたいとのことで、我が家にお出で下さる運びとなった。真《まこと》に名誉な話だ」

「定明皇太后様とは誰のことや」

すかさず太吉が尋ねた。

「お前知らんのか。大正天皇のお后《きさき》だった方だ。天皇は病弱で早く亡くなったから皇太后になられたのだが、民のことは何時《いつ》も考えておられた。特に社会事業には、多額のお手許金《てもときん》をお出しになった。御殿場のらい病患者の施設、復生園はその一例だ。ところで町役場の話では、ご見学は外からだけ、時間は十五分、ご質問があった時だけ応えるように、とのことだが、馬鹿な話だ。わしはこの家の主人として進んでお話しして、よく解って戴くつもりだ。わしがどんなに振舞うかお前達もよく見ているがいい。はっはっは」

為蔵は悪戯っぽく笑った。

皇太后様のご来訪で、山川集落は急に色めいたが、一番の問題は集落内の悪路だった。雨が降れば足を取られる有様だったからである。そこで集落民総出で砂利を敷き詰め、何とか道らしい道になった。

秋晴れの一日である。皇太后様ご到着の時が刻々迫っていた。太吉は何を思ったのか、庭の柿の木にするすると登り出した。木登りは得意芸である。

「ここからならよく見えるぞ」

太い枝に跨《また》がると、彼は遥か彼方を遠望した。程なく二台の車が、集落目指して走って来るのが視野に入った。

「来たぞ。来たぞ」

太吉は滑るように木から降りると、小走りに出迎えの列に加わった。

やがて黒塗りの車が二台、砂利道をざらざらいわせたかと思うと、門の前で静かに止まった。前の車から五十恰好の女官が現れると、お召し車の扉が開き、恭しく一礼した。白地に花模様の服を召した皇太后様がゆっくり車から降り立った。為蔵はすかさず近付き一礼すると、「この家の主人甲野為蔵でございます。ようこそお越し下さいました」と挨拶した。

「御世話になります」

一言言われると皇太后様は門内に歩みを進めた。

「ほほう。これはこれは……」

広々した庭内と珍しい田舎家に目をとられてか、皇太后様は暫く歩みを止めた。

太吉はその機会を逃さなかった。

「いらっしゃいませ。皇太后様」

皇太后様の前で最敬礼をした。

「これこれ」

為蔵の方が慌てて、列の中から飛び出し太吉を制しようとした。

「其の儘《まま》でよろしいでしょう。お名前は何と言われますか」

皇太后様は微笑を浮かべていた。

「太吉です」

「太吉さんは何をするのがお好きですか」

「川で泳ぐのと、槍で木を突き刺すのが好きです」

「ほほう。お宅には槍がお有りですか」

皇太后様の視線は為蔵に向けられていた。

「はっは、祖先に槍の使い手がおりまして、長柄の槍が蔵にしまってございます。後ほど持参致しましょう」

「いえ、その蔵ごと拝見したいものです」

「畏まりました」

太吉の悪戯が飛んだ方向に発展したと、為蔵は内心愉快であった。

「それではお家の中を拝見いたしましょうか」

鶴の一声で予定が変わり、屋内の観覧となった。

「この大黒柱の立派なこと。それに羽目の黒光りするあの色は、とても十年や二十年では出ますまい。このお家は何時頃建てられたのですか」

皇后様は痛く感嘆されたようだった。

「はい。小田原攻めによって主家の北条様が滅び、我ら一族はこの土地に帰農いたしました。その際この家は建てられましたが、その後何回か改築、増築され、今日に至っております」

「そうでありましょう。岩崎邸も立派ですが、ここには歴史が漂っております」

「恐れ入ります。それでは蔵にご案内いたしましょう」

為蔵の先導で一行は蔵へと向かった。

蔵の扉ががらがら開かれると、特有の黴《かび》臭い臭いが漂って来る。余り光線の届かない階段を、皇太后様はゆっくり上がって行かれた。

「これが長柄の槍でございます」

為蔵は壁にかかった槍を指差した。

「なるほど。立派な槍だこと」

鈍い光を放つ穂先に、皇太后様はじっと視線を凝らしていた。

「この槍の使い手は、さぞ大柄な方でありましょう」

「六尺豊かな侍だったと聞いております」

「そうでありましょう。よいお宝をおもちです。ここにも歴史が秘められておりますこと」

蔵を出られた皇太后様は、庭の柿の木に目を留められた。

「大きな柿の木ですこと」

「は。実りましたら献上申し上げます」

為蔵は本当にそう考えていた。

予定の時間十五分を遥かに越え、三十分余りのご見学となった。

「大変お世話をかけました。女官より記念の品をお受け取り下さい」

皇太后様はそう言い残されると車中の人となった。

「記念の香箱でございます」

女官が小さな包みをとみに手渡した。

「恐れ入ります」

とみはそれを押し頂き、深々と一礼した。

やがて車は砂利道をざらざら鳴らしながらゆっくり去って行った。

さすがの為蔵もほっとした面持ちで、とみと顔を見合わせた。

「よい一日であったな、とみ」

「本当に私達の人生の中で記念すべき日でした」

とみは小箱を手にしたまま感慨深げであった。

「それにしても太吉の悪戯が時には役にたつものだな」

為蔵は傍らの太吉を振り返り破顔一笑、彼の頭を軽くぽんぽんと叩いた。

四

小学生の太吉は、クラスで腕力も一番だったが、勉強もよく出来た。常に一番の成績だったのだ。

「太吉君は将来東大に進むんだな」

担任の教師は半ば自慢げに彼を持ち上げていた。

誰もが「太吉ちゃん」「太吉君」と親しんだが、彼が一番仲がよかったのは高山与一という少年だった。彼の家は、代々甲野家の小作だった。与一はそれを意識しているかいないか、太吉をなんとなく親分格のように思っていた。

与一の父高山具平は律儀な男だった。年貢米をきちんと納めることは言うまでもなく、主家を訪れても礼儀を弁《わきま》えていた。

「具平さん縁側にお座りよ」

為蔵に勧められても、「いえいえ私はこちらで」と庭先にしゃがんで話をする。

「具平さん、お茶はいかが」ととみに言われても、「滅相もない」と手を振る有様だった。それだけに為蔵との折り合いもよく、彼から深い信頼を寄せられていた。

太吉が中学一年の時、それまで続いた太平洋戦争が、日本の敗北で終わり、世の中は大きく変わっていった。

そうした或る日為蔵と具平それに太吉が庭で話している折だった。一台のジープが門前に止まり、一人のアメリカ人将校と通訳らしい男が現れた。

「すわ何事」

具平の顔は青ざめ、太吉も胸がどきどきした。縁側にいた姉の道代は恐怖に襲われ、押入れに隠れてしまうほどだった。だが為蔵は全く動じない。ゆっくり二人に近づき通訳の男に尋ねた。

「私がこの家の主《あるじ》甲野為蔵ですが、何か御用ですかな」

「この方は第八軍のクラーク大尉ですが、日本の力は都会ではなく地方の農村にある。

その御家をお訪ねしたいとのことで、よく知られているお宅をお訪ねした次第です」

「それなら訳はありません。ご案内しましょう」

為蔵は先に立って邸内を一巡した。

「これが蔵です。外の湿気を防ぎますから、大事な物を仕舞ってあります。日本語で蔵が建つとは、財産が出来ることを意味しています」

通訳に聞かされ、大尉は大いに感心したようだった。

「ひとつ中をご覧に入れましょう」

為蔵は太吉に鍵を持ってこさせ、蔵の戸を開くと、先にたって二人を案内した。大尉はもの珍しそうに見回していたが、二階に上がり壁に掛けてある槍を眼にすると、

「オウ、スピアー！」と短く叫んだ。

「これは先祖が使っていた槍です。ご覧下さい」

為蔵は槍をはずすと大尉の手に渡した。

彼は穂先から矢じり迄しげしげと眺めると、「素晴らしい」と一言発した。

「ジャパニーズ、さむらい」

そう言うと槍を構えた。

「お気に入りのようですな」

為蔵は愉快そうに笑った。

為蔵は最後にご自慢の柿の木の所に案内した。

「オー、パーシモン！」（やー柿だ）

鈴なりの柿に大尉は感嘆の声を上げた。

「これは私が丹精している柿です。皇太后様にも献上しました。御土産に差し上げましょう」

彼は太吉に袋を持ってこさせ、枝から折った柿をみっつよっつ入れると大尉に手渡した。

「サンキュー。サンキュー」

大尉は満面の笑みで包みを受け取った。

「大変よい体験をしました。やはり日本の力は農村にあります」

大尉は為蔵としっかり握手をした。

ジープはお互いに手を振る中を去って行った。

太吉は為蔵の普段と何一つ変わらない態度にすっかり感心した。

「父さんはえらいな。俺もああいう人間にならなきゃあいけないな」

彼は心の中でそう語りかけていた。

「具平さん日本人もアメリカ人もありませんよ。同じ人間です。それが戦争をし合う。愚かなことです。家でも息子をサイパン島で死なせたが……」

為蔵はふっと大きな溜息をついた。

「浩介坊ちゃんでしたな。よい御子でした」

具平はもう眼を潤ませていた。

日本を占領したアメリカを中心とする連合軍は諸改革を行なったが、その中の一つ農地改革は、昭和二十一年から五年にわたり、全国農村に実行された。

甲野家もその嵐に巻き込まれずにはいられなかった。同家が全盛の時は、駿豆鉄道の伊豆長岡駅へ行くのに他人の土地を通る必要はなかった、と言われる程の大地主であったが、改革により、僅か三千坪の農地を残すのみで、後は総て小作人に分与された。並みの地主に転落したのである。

「具平さん、あなたも一人前の土地持ちになった。しっかりしておくれ」

為蔵は彼の肩を叩いた。

「はいはい旦那様。わたしゃ昔の方が気楽でしたがな」

具平は苦笑いをした。

「それにつけて与一を中学で止めさせ、わしの手伝いをさせようと思っておりますが……」

「それはいかんよ。与一君は農業高校に進み、新しい農業を学んで貰わなければいけない。彼にもその気があるだろう」

為蔵は真剣に具平に説いた。

「世の中が変わったから、私も県会に打って出て、この地方の為に働こうと思うとる」

為蔵は具平の肩越しに、じっと彼方を見詰めていた。

五

夏も終わりに近付こうとしている頃であった。太吉と与一は柔道場で組み合っていた。二人共柔道部員である。力では太吉が勝っていたが、俊敏さでは与一の方が上だった。寝技に引き込まれる前に、足技で一本取ることが多かった。

「与っちゃんの内股は鋭いからなあ」

「寝技に持ち込まれたらどうもならんもの」

二人は汗を拭きながら笑い合った。

「ところで太吉ちゃんは高校はどうするんだい。沼津に出るんだろう」

与一は話題を変えた。

「いや、俺も地元の高校へ行くよ」

太吉は即座に答えた。

「だけど大学へ進むんなら不利だろう。お父さんはどう言っているんだい」

「同じことを言ってるよ。だが俺は地元から入って見せる」

太吉は妙に我を張った。

「そうか。それならまた一緒に勉強しような」

「うん。俺も頑張る」

二人はそう言いあって柔道場を後にした。

時を置かずに、太吉は為蔵に進学の件を打ち明けた。

「学校の先生もそう言われたそうだし、わしも沼津の高校に進むがよいと思うが、お前がその気ならやってみるがよい。だが苦労は覚悟だぞ」

彼はあっさり許してくれた。

高校生活は楽しいながら夢のように過ぎて行った。なんといっても実業高校である。普通学科が軽く扱われるのは止むを得ないことだった。

「三年になったら学習塾に通えばよい」

太吉はそう思っていたが、それよりも将来の進路について、彼の心には変化が生まれていた。

幼少の頃から、悪戯小僧の太吉に、両親は手を焼いていたが、或る時太吉が眼の悪い行商の小母さんのリヤカーに蛇を捲き付け、小母さんを気絶させたのには為蔵の怒りが爆発した。

「弱い人を苛《いじ》めるとは何事だ」

太吉は両手を縛られ、蔵の中に閉じ込められてしまった。

だがとみの取り成しでやっと許されたものの、このことは彼の記憶にいつまでも残り彼を苛《さいな》んだ。

「俺は本当に悪いことをした。どこかで償いをしなければ……」

成長するにつれ、太吉は一層思いを新たにしていた。

「地方政治家になるのもよいが、障害を持つ人達のために働く道を選ぼう」

太吉はそう思い詰めると与一に打ち明けた。

与一は最初眼を丸くしたが、「太吉ちゃんがそんなに思い詰めているなら、障害者を教える先生になったらどうだ」と提案した。

「そうだな。確か広島大に特殊教育学科があった筈だから、そこを狙おう」

「難関じゃあないか」

「それは覚悟のうえだ。頑張る」

太吉は親友の助言に意を強くした。

日ならずして、太吉は自分の計画を為蔵に申し出た。

「先生とは考えたな。家からはまだ先生は出ていないから、それもよかろう。それで何処の大学を受ける心つもりだ」

「広島大です」

「広島か。ちょっと遠いな。それに難しかろう」

「ええ難しいです」

「浪人覚悟でやるのだな」

為蔵は何時ものような磊落《らいらく》さで、あっさり認めてくれた。

高校最後の年は瞬く間に過ぎ、大学受験の季節へとなった。

太吉は広島大学一本に絞り受験を終えたが、大学の壁は厚く、簡単に跳ね返されてしまった。

「俺の考えが甘かったな。父さんや与一の言うように沼津の高校へゆくべきだった」

一時は後悔したものの、太吉の闘志には灯が灯《とも》された。

それからというもの、昼は三島の学習塾に通い、夜は離れにこもって、ひたすら勉学に励んだ。そうした時、母のとみは必ず夜食を持って来てくれる。時には、「勉強ばかりしていては肩が凝るだろう」と彼の肩に湿布を貼ってくれた。

「母さん済みません」

太吉はそう言いながら、夜食の饅頭に一息入れていた。

勉強を終え、母家に帰ってみると、為蔵は既に高鼾《たかいびき》だが、とみはまだ起きている。

「母さん、先に寝ればいいのに」

太吉がそう勧めても、とみは言う事を聞かない。

「お前が終わるまで私は寝ませんよ」の一点張りである。

太吉の浪人生活にも終止符を打つ時が来た。

「今度こそなんとかしなければ……」

彼は意気込んで広島へ下って行った。

多少は手ごたえがあったものの、矢張り自信がなかった。結果の報告を友人に頼み、彼はさっさと伊豆に引き揚げた。

「どうだった」ととみに聞かれても、「ううん」と唸るだけであった。

だが十日ほどして嬉しい報せが舞い込んだ。合格である。

「父さん、受かりました」

太吉は為蔵の前に座り込んだ。

「受かったか。よかったな。はっはっは」

為蔵は豪放に笑い飛ばした。

とみは一年間夜食を運び、肩に湿布を貼ってやったことを思い起こし、そっと目頭を押さえた。

「入学式にはわしも出席するぞ。原爆で破壊された町も見ておきたい」

為蔵は、我がことのように勇んでいた。

時を置かず、太吉は与一の所に走った。

「おめでとー。太吉ちゃんには矢張り実力があるんだな」

与一は太吉の手をしっかり握った。

「いや運がよかったんだ」

彼は事実そう思っていた。

「しっかり勉強してよい先生になってくれよな。俺はここで真っ黒になって働くよ。実はな、太吉ちゃん、俺、恋人が出来たんだ」

「恋人だって！　いったい誰だい」

「光子だよ。小学生の頃、太吉ちゃんがよくいじめた子だよ」

「光子は行商の小母さんにひどい悪戯をしたことを、母さんに告げ口したんだぞ」

「いじめられた仕返しをしたのかな」

与一は明るく笑った。

「まあいい。仲良くやってくれよな」

「うん。光子のお父さんはあまり丈夫でないから、俺が手伝って多角経営をやる心つもりだ。これからは米だけでなく、都会の人が欲しがる物を作るんだ」

与一は力強く胸を張った。

入学式当日、太吉は講堂で父が来るのを待っていた。開会の時間が刻々迫っても、一向に現れない。何となく気を揉んでいるところに為蔵が入って来た。

「広島広いのう。すっかり迷ってしまった」

磊落な彼は慌てる様子もなく、太吉の横にどっかと腰を下ろした。

入学式終了後、二人は繁華街を肩を並べて歩いていた。太吉にとって父と外出するのはこれが初めてである。

「俺も大人になったのだな」

そう思いながらふと見ると、為蔵の頭に白いものが光っている。彼は時の流れを感ぜずにいられなかった。

「今日は記念すべき日だ。お祝いの品を買ってやろう」

為蔵は上機嫌である。近くのデパートに入ると、上等な革鞄を買い求めた。

「有難う、父さん」

「いやいや。お前も大学生だ。このくらいの鞄は提げてもよい。なかなか似合うぞ」

為蔵は一層上機嫌で、息子の姿に惚れ惚れしていた。

太吉の大学生活は、順調に捗《はかど》っていた。休日には遊びに出るが、後は下宿と学校の間の往復に終始している。大学が休みに入れば、間を置かずに伊豆に戻っていた。「太吉さん、少し広島で遊んだらどう」と下宿の小母さんに勧められてもそれには乗らない。彼にとって、伊豆は正に心の故郷だったのだ。

家に帰れば畑仕事はもとより、とみの蕎麦作りまで手伝う。彼女の蕎麦は、「味がよい」とこの辺りでは評判だったのだ。

与一のところにも時折顔を出す。彼は一層逞しくなり、光子も甲斐甲斐《かいがい》しく手伝っている。

「太吉ちゃん、まだ恋人は出来ないのかい」

与一はこれ見よがしに尋ねた。

「まだまだ。ただ下宿の小母さんの姪で、同じ大学に通う信子という人とは知り合いになった。時々話をするが、いい人だよ。まあそんなところさ」

「上手く育つといいな」

与一はそれ以上口出しをしなかった。

春浅い狩野川の岸辺を、太吉は独り散策していた。彼は自分を育んでくれたこの川を、心から愛して止まなかった。何もかも忘れ、夢中になって泳ぎ回ったあの幸せな日々が懐かしい。だがそれはもう永遠に過ぎ去ってしまった。彼は後一年すれば大学を卒業し、教職につく予定だった。

「与一が土に魂を打ち込むように、俺も教壇に全霊をもって立てるだろうか。いやそうでなければならない。これから長い人生行路が始まるのだ」

太吉は澄み切った大気を胸一杯吸い込むと空を仰いだ。何処までも広がる青い空に、綿雲が一つ二つと浮かんでいた。

道草の記

一

小学二年生のゆきとさえは、下校の道を並んで歩いていた。入学以来、二人は大の仲良しだった。お互いの家が近いこともあったが、何よりも気が合ったのだ。ゆきは生来虚弱な子だったが気持ちが優しい、それに引き替えさえは元気溌剌《はつらつ》、明るい子だった。

二人の父親は、その頃日本の属領に等しい遼東半島（現中国東北省）の旅順に渡り、医師であるゆきの父北村誠一は旅順病院の院長だった。一方さえの父戸田俊介は、煉瓦工場を経営する生粋《きっすい》の職人だった。

アカシヤの花が咲き零れる或る日のこと、さえがぽつりと言った。

「ゆきちゃんはお家に帰ってもお母さんがいるからいいなあ……」

「あらさえちゃんのお母さんは……」

「お母さんは工場でお父さんの手伝いをしているから、お昼はいないのよ。誰もいない家って淋しいな」

「そんなら夕方迄私の所にいたらいいんじゃあない？　一緒に勉強をしよう」

ゆきは心の優しい少女だった。

「うん、そうするわ。私ゆきちゃんに教えてもらいたい所沢山あるの」

さえは明るく笑った。

それからというもの、二人は学校から帰ると、先ず机を並べて宿題を済ませ、母の寿美子の手製のおやつを戴き、後は暮れる迄遊びほうけていた。

とかくひ弱な体質のゆきは、洋車（やんちょう）で登下校することがあった。その時、さえは車の後を小走りに追いかけて来るのだった。車中からゆきはそれを見兼ねた。

「さえちゃんも何とか車に乗せて上げて」と寿美子に懇願した。

「お駄賃をはずんであげればいいでしょ」

彼女は車夫に何らかの心付けをし、二人の乗車は実現した。

飛ぶように走る車の中で、二人ははしゃいでいた。そして学校へ着くのが余りに早いのに、何だか可笑しくなって笑い合っていた。

洋車による登校は大概一週間から十日も続いたが、ゆきの体調が整うと、また元気よく、アカシヤの並木道を歩き続ける二人であった。

四年生になった年、ゆきの父誠一は大連病院長への栄転が決まり、一家をあげ大連へ引き移ることになった。

「ゆきちゃんともう逢えなくなるのか」

さえは寂しさを隠さなかった。

「私も悲しいけど仕方がないの。大連へ遊びに来てよ」

「うん。行くよ」

そうはいったものの、子供一人の大連行きはなかなか難しく、二人の交わりは暫く途絶えたままであった。

ところが翌年さえの父は煉瓦工場を閉鎖し、大連の鉄工所に勤める身となった。二人はまた交わる幸運に恵まれたのである。その上女学校も、同じS高女への進学が決まった。

入学式の当日、成績優秀のゆきは、新入生を代表して挨拶をするよう申し渡された。

「私こういうこと一番嫌いで苦手なの」

ゆきはさえにこうこぼした。

「大丈夫だよ。ゆきちゃんなら必ず出来るよ。私楽しみにしてるから……」

さえは彼女を力強く励ました。

その日ゆきは落ち着いた態度で立派に挨拶を済ませ、全員の拍手を浴びた。

「よかったよ。流石《さすが》ゆきちゃんだ」

さえはゆきの名誉は、自分の誇りでもあるようだった。

その年の十二月太平洋戦争勃発、既に大陸では日中戦争が膠着状態にあったが、新たにアメリカ、イギリスを初めとする戦争は、比較的平穏であった大連にも慌ただしさが漂うようになって来た。港に出入りする船舶にも軍人、兵士の姿が多く見られ、戦時色が濃厚となっていった。

翌年の春、ゆきとさえにとって、二度目の別れが訪れた。それというのは、さえの父戸田俊介が大連での仕事を諦め、内地へ帰って新しい職業を求めたからだった。

「内地と大連では、もうちょっと会えないわね」

ゆきは戦争も激しくなるし、これが本当の別れになるのではないかと案じた。

「そんなことはないよ。お父さんの実家は長崎の桜場町という所だそうだけど、手紙を書くよね。ゆきちゃんも内地へ遊びに来てよ」

さえも別れを惜しんだが、ゆきより楽観的だった。

戸田一家が大連を離れる日、ゆきは埠頭《ふとう》迄彼らを見送った。そして大連汽船W丸のデッキで頻りに手を振るさえの姿が豆粒のようになる迄、その場に佇《たたず》んでいた。

二

さえが大連を去ってから一年になろうとしていたが、彼女からの手紙は一向に届かなかった。未だ書いていないのか、あるいは何らかの事情があるのか、それとも出しても途中で失われたのか、ゆきには全く見当がたたなかった。

事実戦局は年毎に日本に不利となり、制空権も制海権も、次第にアメリカ側に移って行った。その結果、内地と大連を結ぶ船舶の運航にも危険を生じたのであった。

「さえさんの手紙は、海に沈んでしまったのかもしれない」

報道管制が敷かれる中、ゆきはこう推察していた。

さて一九四五年八月十五日、日本にとって最悪の日が訪れた。それは連合国側の降伏条件、所謂ポツダム宣言を、日本が無条件で受け入れたからである。四年余りに亘る戦争は終結を迎えたのだが、満州における日本人には、より大きな魔の手が覆い被さって来た。

八月十二日、つまり敗戦の三日前、それ迄中立を装ってきたソビエト連邦（現ロシア共和国）が、日本の敗北必至と見るや、国境を侵し満州に侵攻して来たのであった。当時在満州の日本軍は、その主力を南方に移し、勢力は弱体化していた。員数合わせの為、通常なら兵役免除となる四十近い男性迄が召集される有様だったのである。

ソビエト軍は難なく日本軍を撃破し、捕虜とした数十万の日本軍兵士を極寒のシベリアに連行する一方、主力は旅順、大連に矛先を向けていた。海への出口を求める南下政策の表れである。

他方敗戦により帰国を余儀なくされた日本人市民も、何らかの方法で南へ下って行った。なかんずく北満に開拓団として入植した人々の惨状は、目を覆うべきものがあった。これら帰国を待つ人達にとっての出口が港大連だったのである。

ソビエト軍来たるの報に接した大連市当局は、平和的進駐を願い、それは可能だと信じた。しかし重戦車を先頭に進駐した彼らは、日本人の甘い見透しを吹き飛ばしてしまった。東部戦線でドイツ軍と戦い、反転して満州に攻め込んで来た彼らは飢えた野獣に等しかった。軍当局は彼らを満足させるため、略奪暴行欲しい儘《まま》の無秩序状態を容認した。憲兵は存在したが見て見ぬ振りをしたのである。

日本人市民は自衛のほか手段はなかった。婦女子の外出は厳禁、ソビエト兵が現れたと知るや、地下室や屋根裏に潜んだ。だが寮病院長であるゆきの父北村誠一は連日出勤するとともに、小学校に収容された難民の救済に骨身を惜しまなかった。

約半年近く、この無秩序状態は続いたが、やがて軍当局は、軍律の引き締めに取り掛かった。

　或る夜往診からの帰り道、誠一は中央公園の一角を通ろうとしていた。その時何者かが現れ、彼の腕時計を強奪しようと襲い掛かった。だが一発の銃声が無法者を昏倒させた。闇の中から拳銃を手にした別の男が姿を現し、「早く行け！」と目で合図している。憲兵である。軍当局は、「現行犯は直ちに射殺せよ」との司令を出しているのであろう。その容赦のない過酷さに、彼は身が縮む思いだった。

　こうした中、旅順方面から難を避け大連に集まった人達は、縁者、知人を頼り、仮りの住まいを求めねばならなかった。松山町にある百坪程の院長官舎も、四家族の同居で膨れ上がった。各家族は持ち合わせの資金を出し合い、共同の生活を始めたのである。

　その中に、ゆきの母寿美子の遠縁に当たる藤井静子の一家が混ざっていた。静子の夫順三は師範学校の教師だったが、戦争末期に召集された。本来なら兵役免除の年齢だが、員数合わせの犠牲となり、その上シベリアに連行され消息不明であった。彼女はともかく帰国して、夫の帰りを待つ他はなかったのである。

この一家には二人の子供のほか、旅順医学専門学校の学生が一人加わっていた。静子が同郷の好《よしみ》で伴ったのである。

「静子さんもお嬢さんね。見ず知らずの人を連れて来るとは……」

寿美子は皮肉めいた一言を漏らしたが、そこは非常時である。快く受け入れていた。青年の名は花村新太郎。背は高く、眉目秀でた明るい人柄だった。若さに溢れている彼は、庭に築かれた竈《かまど》での炊飯にも協力し、アカシヤの木を切っての薪作りにも汗を流していた。

医学生である新太郎には、多少それらしき知識があったので、誠一は残務整理の仕事を手伝わせるため、彼をよく病院に同伴した。

「花村君はよく仕事が出来るよ。きっと立派な医者になるだろう」と折り紙を付けるほどであった。

一方、ゆきは意識的に新太郎との間に距離をおいていたが、共同炊飯の仕事で顔を合わせると、自然と言葉を交わすようになっていた。

「ゆきさんはカトリック信者だそうですね」

或る日新太郎が唐突に尋ねた。

「ええ。母が信者でしたから、私は生まれて間もなく洗礼を受けたんです」

「そうですか。僕の郷里は長崎ですが、あそこには浦上天主堂を初め沢山の教会がありますよ。あちこちで鐘の音が聞こえ、僕は信者ではないけど、とてもよい雰囲気だな。ゆきさんも日本へ帰ったら一度いらっしゃいよ」

彼は多弁であった。

「ええ。出来ましたら……」

ゆきは言葉少なに応じた。

帰国を希望する人達にとって、引揚船が何時来航するかは最大の関心事であった。

「来年の春か、それとも秋か……」

憶測が憶測を呼んだが、どうやら秋には来るようだ、との確実な情報が伝わり、人々を安堵させた。

治安の回復につれ、人々は町に出て手持ちの品を売ったり、簡単な仕事をしては労賃を得ていた。

無一文同然の花村新太郎も、時折小銭を稼ぎに日雇いに出掛けていたが、暇な時はよく庭で歌を歌っていた。彼は声に自信があるらしかったが、確かにバリトン調の声は柔らかく美しかった。ゆきもその声には魅力を感ずる一人だった。もともと音楽好きの彼女は、小学五年生の時にピアノを買って貰い練習に余念がなかった。勿論敗戦の混乱期には音一つたてられなかったが、秩序の回復に合わせ、余り目立たぬように鍵盤に指を走らせていた。しかしこのピアノも、何《いず》れ米か麦に取って代わるかと思うと悲しかった。父に「ピアノだけは」と懇願したが、「ピアノどころではないだろう」と一蹴されてしまったのだった。

新太郎の耳にも、当然ピアノの音は聞こえていた。或る日彼は一枚の楽譜を持ってゆきの所に現れた。

「これシュウベルトの野薔薇《のばら》の譜なんですが、ゆきさん伴奏をしてくれませんか」

かれは遠慮がちに尋ねた。

「とても初見では弾けませんわ」

ゆきは楽譜に目を通しながら率直に答えた。

「それじゃあ練習しておいて下さい。また来ますから……」

新太郎は期待をこめて引き下がった。

ゆきは今迄に歌の伴奏などをしたことがない。「自信はないが一度やってみたい」彼女の音楽への熱意がそう思わせていた。

一週間程して、新太郎がまた現れた。

「どうですか、ゆきさん」

もうそろそろといった顔をしている。

「ええ。やってみますわ」

ゆきはゆっくりピアノの蓋を開けた。

前奏に次いで「童《わらべ》は見たり野中の薔薇。清らに咲けるその色愛《め》でつ……」新太郎は歌いだしていた。ゆきは余裕もなく、ただ全力を尽くすだけであった。

「ゆきさん。とても気持ちよく歌えました。ゆきさんはきっとピアニストになれますよ」

新太郎はほてった面《おもて》に優しさを込めて言った。

「そんなこと……」

ゆきは伏し目になったが、十六歳の乙女の胸はかすかに揺らいでいた。

「花村さんはきっと立派な医師になるだろう」

ゆきは白衣姿の颯爽とした彼を思い描いた。

敗戦から一年の月日が流れようとしていた。一時のような混乱も治まり、人々は秋に来航が予定されている引揚船の到着を指折り数えて待っていた。

その中にあって、藤井静子の心中は穏やかではなかった。夫の安否は以前として解らない。左程頑健ではなかったから、極寒の地で病死したのではなかろうか。自分達の将来はどうなるのだろう。そうした不安感が静子の神経を苛立たせ、つい言葉の端々《はしばし》に現れるようになった。

「花村さん。北村の部屋にあまり繁々《しげしげ》行かない方がいいわよ」

「どうしてですか?」

新太郎は怪訝そうだった。

「だってあそこには年頃の娘さんがいるじゃあないの。馴れ馴れしくすると人が変に思いますよ」

「そうですか。でもそれは……」

彼は痛くもない腹を探られるのは不愉快だったが正直なところ、彼は清楚なゆきの美しさと素直な性格には強く心を惹かれていたのだった。

敗戦の為日本人の学校は総て消滅したので、ゆきは学ぶべき学校がなかった。中学二年迄しか学んでいない彼女は、もっともっと勉強がしたかった。恐らくさえは日本で正規の学校教育を受けているだろう。それを思うと羨ましいが、考えてみても意味がない。せめて英語だけでも自分のものにしようと、天主堂（カトリック教会）が主宰する英語スクールに通うことにした。

ゆきの英語の力からして、初級クラスに組み込まれるのは当然だったが、クラスの生徒達は東ヨーロッパの子供と思われる者ばかり、日本人はゆき一人だった。それはよいとしても大人から言い含められているのであろう、ゆきを見やる彼らの視線には、一様に軽蔑の色が漂っていた。中でもブルガリアかルーマニアの子であろう、彼は態度にまで侮蔑感を表していた。ゆきは不愉快だったが、勉強に集中することで忘れ去ろうとした。

或る日のこと、学校から帰宅すると、彼女はスカートが十五センチ程鋭利な刃物で切られているのに気づいた。

「あの子の仕業だ」

彼女は直感的に判断した。

「何故敗戦国民だからといって、このような侮辱を受けねばならないのか。彼等とても過去に何をしてきたかわからない癖に……」

そう思うと悔し涙が一気に溢れ出た。

しかし彼女はこの屈辱を学ぶ力に置き換え、間もなく初級から中級へと上げて行った。

「ゆきさん。映画館でロシア映画をやっているから見に行きませんか」

或る晴れた日、新太郎がゆきに声をかけた。

「花村さんと一緒なら行っていらっしゃいよ」

母の寿美子が気軽に勧めた。

新太郎はめずらしく下駄ばきである。二人は並んで映画館に向かったが、その頃のロシア映画と言えば、宣伝映画に決まっている。その日の出し物も、対ドイツの戦争映画であった。

ソビエト軍は正義にして強力な軍隊。その中の英雄的な兵士の活躍でドイツ軍を撃破、と主題はお定まりであった。

館内の空気は澱《よど》んでいた。暗がりに目が慣れたゆきは、隣の新太郎が真剣に画面を見詰めているのに気づいた。彼女はこの種の映画には興味がなかったが、ここはお付き合いと画面に目をそそいでいた。

どの位時間が経っただろうか、新太郎が耳元で囁いた。

「ゆきさんにはもっとロマンティックな映画がいいんじゃありませんか。出てもいいですよ」

彼の顔があまりに近いのに、ゆきは思わず反り身になった。

「ええ出ましょう」

彼女は咄嗟《とっさ》に答えていた。

暗から明へ。一瞬の明るさにゆきはほっとした。

「矢張り来るんじゃあなかった」

興味のない映画からの解放と同時に、新太郎を意識しないで済む安堵感が働いていた。

間もなく第一回の引揚船の入港が予想される頃であった。ゆきはさえに宛てた手紙を新太郎に託そうと思い立った。

「親友の戸田さえさんへの手紙を御託《おことづ》けしたいんですけど、実は桜場町だけで番地が解らないんです。こんなことでよろしいかしら……」

ゆきは自信なく尋ねた。

「いいですよ。桜場町なら何とかわかるでしょう」

新太郎は安請け合いをした。

ほっとしたゆきは期待を込めてペンを執った。

さえさん。本当に長いこと御無沙汰しました。お変わりありませんか。貴女はきっと手紙を下さったのでしょうが、こちらには届いておりません。恐らく何処かでなくなってしまったのでしょうね。

さて敗戦の日を境に、大連は大変な状態になりました。このことについて、一々手紙で書くことは出来ません。ですから手紙を託した花村さんから、その模様をお聞き下さい。

さえさんはもう大学生ですか。こちらでは日本人の学校は一つもありませんので、私は天主堂の英語スクールに通っています。これが唯一の勉強です。

私たちが何時日本に帰れるか、それは全く見通しがたたないのです。何故なら医師が足りないソビエト軍や中国共産軍では、父が貴重な存在だからです。ひょっとするとずっと大連に留まるようになるかもしれません。勿論一日でも早く帰国したいのです。そして貴女に会えたら、どんなに嬉しいことか解りません。その日が来るのを楽しみにしています。

それではお元気で毎日をお過ごし下さい。弱い私もこの頃は寝込むこともなく、元気にしています。

北村ゆき

戸田さえ様

ゆきは手紙を読み返し、これが間違いなくさえの手に渡るように、と祈るような思いで封筒に納めた。

秋も暮れに近づいた頃、第一回の引揚船山清丸の入港が正式に伝えられた。帰国を希望する者は、検疫を受けるため、一週間、集結場に入居しなければならない。北村家に寄宿した人達は、皆乗船を希望し、それぞれ感謝の言葉を残し去って行った。

「ゆきさんも早く日本へ帰って来て下さい。また是非会いましょう」

新太郎は生き生きとしていた。

「ええ。一日も早く帰りたいのですが……」

父の職業柄、そう簡単に帰れそうもないことを知っていたゆきは、不安の色を隠さなかった。

出港の日、ゆきは藤井一家を見送るため、母の寿美子とともに埠頭へ赴いた。

「お元気で」

「お大事に」

別れの言葉を交わしながら彼らはタラップを上がって行った。新太郎は背にリュック、両手に鞄を提げ、タラップを上がり切った所で振り向くと、笑顔を浮かべた。

ゆきは今迄、新太郎に心を寄せた覚えはなかったが、その笑顔を目にした瞬間、言葉では言い尽くせぬ寂寥《せきりょう》が、そつそつと伝わって来るのを感ぜずにはいられなかった。

三

花も散り、新緑の季節を迎えようとしていた。ゆきの手紙を託された花村新太郎は、桜場町の坂道をゆっくり上がって行った。帰国したのが晩秋であったから、約束を果たす迄には、随分時が経った訳である。だがそれには事情があったのだ。

一週間の船旅を終え、久々故国に戻った人達は、お定まりの検疫所に留め置かれたが、そこには家族、縁者からの手紙も届いていた。静子は実家からのものを手にしたが、新太郎は長崎在住の両親からのではなく、熊本に住む叔母からの手紙しか見出せなかった。何となく不安が彼の頭を過《よぎ》った。急いで封を開いたが、最初の一行は彼をして愕然とさせた。

「驚かないで下さい。兄さんも姉さんも、長崎に落とされた原爆によって亡くなったのです。

私がどれだけお役にたつかどうか解りませんが、帰国したら連絡して下さい」

当然両親の許《もと》に帰り、医学を専攻し、父の後継ぎになろうと思っていた彼の夢は無惨にも崩れ落ちてしまった。

「何かあったの？」

呆然としている新太郎に静子が尋ねた。

「父も母も原爆で亡くなったんです。熊本の叔母が報せてくれました」

驚きに彼女は暫く口を閉じていたが、「貴方御兄弟はいらっしゃるの？」と尋ねた。

「いいえ。僕一人です。係累は叔母一人だけです」

「そう。叔母さんを頼るのもよいけれど、とにかく私の実家にいらっしゃい」

彼は再び静子の許に身を寄せたが、旅装をとく間もなく叔母を訪ねた。彼女はこの地の農家に嫁して久しい。

「新ちゃんよく無事で帰って来たわね。でも兄さんや姉さんが……」

叔母はあの日を追想して涙ぐんだ。

「で、貴方はこれからどうするの？　たった一人になって」

「未だ何も考えていないんです。あまりにショックが大きかったものですから……。墓参りを済ませてから静かに考える心つもりです。ただ家業を継がなくてもよくなったことだけは確かです」

「そうね。でも兄さんは貴方が医師になることを天国で願っていらっしゃるんじゃあないの」

「そうかもしれませんけど……」

新太郎は言葉を濁し、話題を転じた。

その当時外地から引き揚げて来た学生達は、優先的にどの大学でも受け入れていた。それだけに新太郎にとって、医学の道が閉ざされた訳ではなかった。ただ医科大学の道は長い。あと五年と踏んでも、後ろ楯を失った彼にとって、学費の捻出は大問題であった。叔母に頼る訳にはいかない。さりとて働きながらの勉学は厳しい。それに何よりも自分が医師になりたいとの情熱に燃えているのだろうか。彼は自問せざるを得なかった。もともと父の強い希望で家業を継ぐ必要に迫られ、遥遥《はるばる》旅順迄下って来たのだ。その必要が無くなった今、もう一度根本から考えよう。叔母の家を辞した後、彼はそう思案を回《めぐ》らしていた。

「お帰りなさい」

気軽な静子の一言に、彼は何となくほっとする思いだった。満州で一年以上共に過ごし、今もなお厄介をかけている。静子の両親は温かく彼を迎え、子供達も兄のように慕ってくれるが、何時までも居候を極めこむことも出来ない、彼は内々そう思っていた。

寛《くつろ》いだ頃を見計らって静子が声をかけた。

「叔母さまからは色々お話があったでしょうね」

「ええ。両親のことが主でした。惨いことです。一度に四万人、しかも非戦闘員を殺すなんて。アメリカの良心は何処にあるのでしょう」

新太郎の言葉には、悲しみとともに怒りが籠っていた。

「本当にそうよ。私の夫だって何故シベリアに連行されなければならないの。不条理だわ。未だ消息は知れないし……。で、学校の方はどうするの？　私の所に気兼ねをする必要はないのよ」

彼女はどこまでもやさしかった。

「はい有難うございます。明日墓参りをしてから決める心つもりです。何時迄も御世話になる訳にもいきません」

彼はきっぱりと応えた。

初冬の軟らかな陽の降り注ぐ中、新太郎は長崎市郊外にある花村家の菩提寺Ｓ寺の門を潜った。

「これはこれは新太郎さん。ようこそお帰りになった」

温容な住職が彼を出迎えた。

「それにしてもご両親様はお気の毒なことを。お経の一つでも唱えましょうかな」

「いえそれには及びません。線香を立て、花を供えて参ります」

彼は勝手知った墓に向かっていた。

「花村家代々之墓」と印された墓石の側面に刻まれた両親の名を目にした時、熱いものが込み上げ声をかけたくなったが、背後にいる住職を意識して彼は自重し、手にした花を手向けると静かに合掌した。

「お父さん、お母さん。僕の前途を見守って下さい」

彼は心の中でそう念じていた。

菩提寺からの帰途、巡邏《じゅんら》であろうか、前方から歩いて来る若い警官の姿が新太郎の目を捉えた。制服、制帽に身を固め、眉根の濃い男だった。目と目でちょっと挨拶し、二人は擦れ違った。ただそれだけであったが、新太郎はふと自分も警察官になろうかと真面目に考え出していた。

独立するには一番手近な堅い道だ。今の学歴なら必ず採用されるだろう。彼はふと大連でゆきと一緒に見た戦争映画を思い出していた。ゆきには悪かったが、自分は結構あの中にのめりこんでいた。殺伐な雰囲気が、自分の性分に合っているのかもしれない。将来は幹部となり、警察行政に携わろう。我ながら唐突とも言える思いに不思議さを感じながら静子の許に帰って行った。

「まあ警察官になるんですって？　大転換じゃあありませんか。それでいいのかしら。警察官は貴重な職業だと思うけれど、お父様の意思を尊重しなくてもよいのかしら。何だか残念ね」

　案の定静子は目を丸くしたが、言葉は穏やかであった。

「ええ。父の意思はそれとして解りますが、今の僕には医学に対する関心が薄らいでいるのです。それに早く独立しなければならないと言う気持ちが強いんです」

「急がば回れとも言いますよ。大連の杉山先生は、苦学をしながら医学を学んだそうですけど、貴方自身が医学に興味をなくしたのではどうにもなりませんね」

　彼女は諦め顔だった。

「私の所にずっといらっしゃい。一本立ちするまで……」

「有難うございます」

　孤独になった新太郎にとって、静子の親切は何よりも嬉しかった。

年度末、採用の時期迄、彼は日雇いの仕事をしながら暮らしていた。その間にも、ゆきから託された手紙のことを忘れている訳ではなかった。早く届けねばと思いながら、矢張りけじめがついたところで、と考えていたのであった。

さて警察官の制服をまとった花村新太郎が、戸田の住まいを探し当てるには、さしたる時間を必要としなかった。それは坂の上に建てられた小住宅であった。

出迎えたさえの母と思われる中年の婦人は、警察官の来訪をやや意外のようであったが、新太郎の話を聞くと相好を崩した。満州で暮らした人間は、満州と聞けば、同郷の好を感ずるらしい。

「これはようこそ。さえも間もなく帰って参りましょう」と愛想よく彼を招じ入れた。

話は自然戦後の旅順、大連の事情に及んだ。

「北村先生ご一家には随分御世話になりました。何時頃お帰りになりましょうかね」

「いや、とてもすぐと言う訳にはゆかないでしょう。何しろロシアも中国も医師不足で困っているのですから、出来るだけ引き止めるのではないでしょうか」

それやこれやで話題は尽きなかった。小半時もしたであろうか。

「ただいま」と元気な声が奥の間に届いた。さえが帰って来たのだった。思わぬ客に彼女もちょっと驚いたようだったが、母親から事情を聞かされると忽ち笑顔に変わった。

新太郎は懐《ふところ》から手紙を取り出すと、「これです」と彼女に手渡した。

「ゆきさん。懐かしいわ」

上書きの文字をしげしげ眺めてから封を切り、一心に読み耽っているさえの横顔に、新太郎はじっと視線を注いでいた。

「ゆきさん早く帰って来ないかな」

彼女は手紙を封筒に納めながら、親友の上に思いを馳せていた。

「なかなか難しいと思いますよ。なにしろ医師不足ですから……。ところでさえさんは大学生ですか？」

新太郎は話題を転じた。

「ええ。K女学院で幼児教育を専攻しています。卒業したら幼稚園の先生になる心つもりですけど、将来は経営者になりたいんです」

「それはいいですね。是非実現して下さい。僕はもう直ぐ研修を終わって、何処かの警察署に配属されると思います」

彼は既に静子の許を離れ、警察寮で暮らしていた。殺風景な生活であったが、これでやっと道が開けたとほっとしていたのであった。

「それではゆきさんとの約束を果たしましたから、僕はこれで失礼します」

新太郎は徐《おもむろ》に立ち上がった。

「またいらしてね」

二人の愛想よい言葉を背に受けながら、彼は今来た坂道を下って行った。

帰寮の道すがら、一年前に別れたゆきと、初めて会ったさえのことを考えていた。

「ゆきさんは腺病質そうだが美しかった。それに比べ、さえさんは健康的で実行力のありそうな人だ」

彼は自分の孤独を癒やしてくれる異性の存在をほのかに意識していた。

一方新太郎が去った後、さえの母奈美は彼の身の上を話題にした。

「まあ酷いこと」

さえは眉間にしわを寄せたが、「それでも男らしく生きようとしていらっしゃるのね。偉いわ」

彼女は新太郎に畏敬の念を抱いたようであった。

研修期間を終えた花村新太郎は、長崎中央警察署に配属されていた。主な仕事は市内のパトロール、交通違反の取締り、一一〇番通報があれば駆けつける等などであった。原爆の傷跡が未だ消えやらぬ港長崎の復興は徐々に進んではいたが、目抜き通りを往来する車や人の流れもさほどではなかった。その通りを、新太郎は今日も巡邏《じゅんら》していた。

「花村さん」

誰かに背後から呼び止められ思わず振り返った。

「やあさえさん」

二メートル程後ろに、戸田さえが笑いながら立っていた。

「この間は有難うございました。父が一度お会いしたいと申してますからまたいらっしゃいません」

そう言うさえの全身は若さに満ち満ちていた。

「ええ、その内に伺います。毎日こんなことをやっているんです」

「ご苦労様ですわ」

彼女の一語には真実味が籠められていた。

太平洋戦争勃発の年本土に引き揚げた戸田俊作は、帰国後建設業に関わっていた。当初はなかなか軌道に乗らなかったが、敗戦後の復興気運に後押しされ、事業は順調、結構多忙な人であった。娘のさえを、長崎屈指の名門校K女子学院で学ばせる程の余裕も見せていた。

新太郎が戸田家をあらためて訪問したのは秋も盛りの頃であった。戸田家の庭には萩が乱れ、季節を彩《いろど》っていた。

彼は一家と夜の食卓を囲み、久々に忘れていた家庭の雰囲気に憩いを覚えたのであった。

「花村さんは警察の仕事を、ずっと続けてなさるお心つもりですか」

俊作が質問の矢を向けた。

「ええ続けるつもりです。これからは暴力団対策が大きな仕事になると思います」

事実復興より早く、闇の世界は広がりを見せ、市民の顰蹙《ひんしゅく》を買うことが多かった。

「彼らに接近し情報を集めるのも仕事の一つです」

新太郎は警察の内幕を覗かせた。

「それは大変ですな。私も全く関わりがないとは言えませんが、余程注意なさらんといかん。特に酒は禁物です」

俊作はそう言うと、卓上の杯を一気に呷《あお》った。


新太郎が帰った後、話は何時しか彼の上に及んでいた。

「なかなか良い青年じゃあないか」

俊作が奈美に持ちかけた。

「そうですね。育ちがいいのかしら……」

彼女は相槌を打った。

「ところでお前は私と幾つで結婚したかね。昔は娘が二十二になると親が慌てたもんだが」

　彼は唐突に尋ねた。

「二十歳ですよ。それがどうかしたんですか」

「いや別に……。はっはっはっは」

　俊作は意味のない高笑いをした。

「変なお父さん。私のことを考えているんじゃあない？　そんなに簡単に結婚などしませんよ」

　さえが横から父の言葉を遮った。

「いやいやそうではない」

　図星ではあったが、彼は強《し》いて真面目くさった顔つきをしていた。

　それ以来新太郎はしばしば戸田家を訪れ、さえとも親しく交わるようになった。それにつれ、彼は自分の孤独が次第に薄れて行くのを感じてならなかった。

四

ゆきが祖国の土を踏んだのは、敗戦から四年の月日が経った秋のことであった。戦時中、中学二年で学業を放棄させられ、戦後は学ぶべき学校もなく、彼女にとっては空白の四年間だったと言える。

一方父誠一は、大連市民病院の一医局員として働き続けた。かつて部下であった人物が院長である。敗戦の冷ややかな現実を象徴していたが、彼は実直に勤務し、進んで病む人達のために力を惜しまなかった。給与は現金のほかに米、粟等の現物支給だが、一家四人の糊口を凌《しの》ぐには何とか間に合った。

彼は早く日本に帰国して新しい道を開きたいと思っていたが、医師不足のロシアや中国は、なかなか帰国許可を下ろしてくれなかった。だが最後の引揚船来航の折、やっと出国が認められ、一家を挙げ永年住み慣れた大連を後にしたのであった。

向学心に燃えるゆきは、帰国したら学業を再開したいと願っていたが、無一文同然になった父や一家のことを思うと、躊躇せざるを得なかった。

「父は医師だから、何らかの職に就くことは出来るだろうが、それに縋《すが》ってよいものであろうか。先に帰国した学友達は、恐らく進学を諦め実務に就いているに違いない。私も矢張り家計を助けるために働こう。ただ天主堂の英語スクールで学んだ英語だけは何とか伸ばしたい」

そう思案しながら、彼女は一週間に亘る船旅を過ごしたのであった。

舞鶴港に入った十月下旬、大連は既に初冬だったが、日本の晩秋は清々《すがすが》しかった。それに戦争の傷跡一つ見られない平穏さにゆきはほっとした。

お定まりの検疫所には、二通の手紙が彼らを待ち受けていた。何れも寿美子に当てたもので、一通は尾道にいる祖母からのもの、他は一年共に過ごした藤井静子からであった。

母からの手紙には、時候の挨拶は抜きで、こちらは元気だが、皆のことを案じている。帰国したら尾道に来て一休みし、それから先を考えたらよい、と簡単に書かれていた。

一方静子の手紙には、「私達は原爆の被害にも遭わず、幸いでしたが、夫の消息は未だ解りません。皆様の一刻も早いご帰国をお待ちしています。

御世話になった花村さんのご両親は原爆で亡くなり、彼は医師になることを止め警察官になりました」と結んであった。

「花村さん大変なことよ。ご両親を亡くされ、警察官になったそうよ」

寿美子は憂いをこめ、ゆきに伝えた。

「まあとんだこと。気の毒だわ。でも警察官とは随分畑違いね」

ゆきは埠頭に見送ったあの日の新太郎を思い出していた。

その昔一漁村であった尾道はやがて町に発展するが、依然魚の町と呼ばれていた。

ゆきの祖父進一は大連で産を成し、早々日本に引揚げ、この地を隠棲の場所とした。それには気候が穏やかであると同時に、彼の妹が、この町の有力者坂上家に嫁していることに関わりがあった。

駅に降り立ったゆきは、「何と小さな町だろう」と思わずにいられなかったが、兎にも角にも落ち着くことが出来るのは嬉しかった。

出迎えてくれた坂上家の次男坊の案内で辿り着いた祖父母の住まいは、小高い所に建てられた総二階、瀟洒な構えであった。

その二階の二間が一家五人に開放された。

青畳の上に膝を崩したゆきは、やっと人間らしい生活を取り戻し、今迄及びもしなかった事柄に思いを馳せる心の余裕を抱くようになった。

「四年前、花村さんに託したさえさん宛ての手紙は届いたのだろうか。花村さんは警察官になったそうだが、これには何か事情があったのだろう。それはともかく、さえさんはどうしているのだろう。大学生かしら……。是非とも会いたいものだが、今はそれより自分自身のことが問題だ。父は恐らく何らかの職に就くだろうが、今迄働き続けて来た父にすがってばかりいられない。勉学は諦め私も働こう」

彼女は目の前に広がる瀬戸内海の穏やかな風景を見やりながら思案に耽っていた。

一方父の誠一は、休むことなく就職活動に余念がなかったが、暫くして東京の友人から、「共済会の病院で人手が足りないから働く気はないか」との一報が舞い込んで来た。手紙の末尾に「社宅もあるから便利であろう」と添えられていた。

「暫く静かな所に落ち着きたいと思っていたが折角の申し出だ。お受けしよう」

彼はそう意を決した。

十一月の半ば、祖父母に別れを惜しまれながら、一家は親しみかけた尾道を後にした。

車中のことであった。ゆきは日頃の考えを父に打ち明けた。

「お父様。私も何か仕事を見つけ働こうと思っています」

「いやそれはいかんよ」

誠一は即座に答えた。

「働くのは未だ後でよい。お前は中学二年迄しか学校に行っていないのだから、それでは不充分だ。天主堂で学んだ英語の力をもっと伸ばしなさい。東京には適当な学校があるだろう。金のことは心配せんでもよいよ」

彼の一語一語は静かだったが確信に満ちていた。働きながら医学を修めた彼だったが、寵愛する娘に二の舞をさせる気は毛頭なかった。

「有難うございます、お父様」

ゆきは感謝の視線を父にそそいだ。

東京、目黒の一角、北村家に用意された宿舎は、五人家族にはやや手狭だったが、未だ住宅事情の窮屈な時代である。一軒の家に住めるのはまだしものことであった。

一落ち着きすると寿美子は両親に一筆認め、同時に舞鶴に手紙をくれた藤井静子にも礼状を書いた。

その中で「自分達家族はやっと帰国し、表記の所に落ち着いた。貴女のご主人の消息は解っただろうか、御案じしている。お元気で帰還されることを祈るばかりだ」と認め、最後にゆきが親友の戸田さえさんと連絡したいと言っているがお解りになるだろうか、と付け加えた。

間を置かず、静子から長文の手紙が届いた。

「前略。御無事に帰国されたそうで何よりのことでした。私を始め子供達三人は元気に致しておりますが、御心配戴いた夫は亡くなりました。

昨年のことですが戦友の方がお見えになり、ことの詳細を話して下さいました。それによると夫は過酷な生活に耐えられず脱走したのだそうです。勿論ロシア兵によって射殺されました。誰が考えてみても、成功する筈のない愚かな行為です。自分でもそれを知りながら実行した夫は余程辛かったのでしょう。その心情を思うと、一方では馬鹿なことをと嘆きながら哀れに思われてなりません。

考えてみれば、国際法上捕虜は交換されてよい筈ですのに、何の理由もなく極寒のシベリアに連行され、重労働を課せられるとは余りにも不条理な話です。神様はこのような不条理を許されるのでしょうか。

その上夫は脱走兵としての烙印を押され、靖国神社には祀られないのだそうです。夫が属していた集団は、もう軍律のある軍隊ではありません。奴隷の集団なのです。そこから抜け出そうとした行為が罪とされ、戦死者から除外されるとは、これ亦《また》不合理な話ではありませんか。素《もと》を質《ただ》せば、夫は戦争犠牲者なのです。

これに反し、戦争を指導し、裁判にかけられ死んだ人達は戦死者同様に扱われ、神として靖国に祀られるのは何故でしょう。私には納得がいかないのです。あの人達は国民を悲惨な目に合わせた責任者です。切腹してもよいと思います。それが神とされ、夫は見捨てられるとは、何と不合理なことでしょうか。思えば思うほど私は悲しみ、腹立たしくなりました。でも時の経過が、次第に私を落ち着かせるようになりました。今はただ諦めの心境です。私のやるべきことは、三人の子供をしっかり育てることです。

感情を抑えず、自分のことばかり申し上げ失礼致しました。皆様もお帰りになって間もなく、さぞ御疲れと存じます。これより追々《おいおい》寒さも募ります。どうぞ御自愛下さい。

なお、ゆきさんのご希望は花村さんに問い合わせてみましょう」

寿美子は胸詰まる思いの中で読み終わり、「これ静子さんからよ」と傍らのゆきに手渡した。

「お気の毒な静子伯母様……」

ゆきは一言漏らしたが、静子の呪いとも言える神の意志と世の不条理との関わりは、彼女にとっても謎であった。

父に薦められ進学の希望に燃えたゆきは、S女学院英語専攻科を唯一の希望校として選択した。

「受験の日迄後二ヶ月しかないわ」

彼女は全く自信がなかった。英語は天主堂で学んでいたからともかく、学業から数年も離れていた空白は余りにも大きかった。受験用参考書で何とか急場に間に合わせたが、所詮付け焼刃である。

「落ちたら働こう」

彼女はそう開き直ってテストに臨んだ。だが結果は合格であった。

「これで三年間勉強が出来るわ」

彼女は小躍りしたが、その最中、さえからの手紙が舞い込んだことは、ゆきの心を一層明るくした。

「お帰りなさい、ゆきさん。無事で本当によかったわ。貴女が花村さんに託したお手紙は確かに拝見しました。あれから四年間どうなったかと案じ続けていたのです。

私は来年大学を卒業し、幼稚園の先生になる心つもりです。将来は自分で経営したいな。

ゆきさんは当然進学なさるんでしょう？　貴女なら必ず道が開けてよ。

中学一年の時に分かれてから随分時間が経ちました。お話ししたいことが沢山あるんです。ここではとても書けませんから、出来たら一度長崎へお出でになれませんか。花村さんとは時々お会いします。立派な警察官になりましたよ。

ではきょうはこの辺りで失礼します。御両親様にくれぐれもよろしく」

ゆきは読みながら一語一語にさえの面影が漂っているように思った。彼女は早速返事を認めた。

「さえさん。御手紙有難う。懐かしさで一杯です。お別れしてからもう何年になるのでしょう。お手紙の端々から元気な貴女の姿が浮かんで来ます。

大学の卒業も間近なのですね。私はやっと一年生になりました。本当は仕事をする心つもりでしたが、父の薦めでS女学院の英語専攻科に入れたのです。でもこれからが大変。国語以外は全て英語で授業を受けるのですから。

長崎へ来るようにとのお誘い。是非実現したいですね。今年は無理ですが、お小遣いを貯め、来年お訪ねしたいと思っています。その折ゆっくりお話ししましょうね。

ご両親様お元気かしら。どうぞよろしくね」

念願を達したものの、ゆきの学校生活はなかなか厳しかった。英語による授業がさっぱり解らない。この先どうなるものかと途方に暮れたが、どうやらついて行けるようになって来た。それに彼女を勇気付けたのは、西山校長の温かな思いやりだった。校長はゆきの一家が、無一文状態で外から引き揚げて来たことをよく承知していて、彼女に小遣いが得られるよう、家庭教師等を世話してくれた点であった。

「校長様は私を特別に考えて下さる」

ゆきはこの貴重な収入を蓄え、長崎への旅費に当てようと計画した。

翌年の五月、一着しか持っていないスーツを着こなしたゆきは、長崎行き特急寝台車の人となっていた。蚕棚と称する三等寝台の一角に身を横たえ、「明日の朝、さえが迎えに来てくれている筈だ。お互いの変わりように驚き合うかもしれない」そう思いながら何時しか眠りに陥っていた。

よく晴れた朝であった。駅に降り立ったゆきのところへさえが駆け寄った。

「ゆきさん」

「さえさん」

御互い声を掛け合い、堅く手を取り合った。

「よく来てくださったわね。ゆきさん立派になって……」

「貴女こそよ」

ゆきは微笑した。

「お帰りなさい、ゆきさん。無事でよかったですね」

ふと見ると、傍らに制服姿の花村新太郎が立っていた。

「お久し振りです、花村さん。あれからもう五年経ちましたのよ」

大連埠頭で別れた頃は、未だ表情に幼さが残っていた新太郎だったが、そのかけらもなく、引き締まった面立ちをしているのに、「矢張り職業が人を変えるのだわ」ゆきはそう思わずにいられなかった。

一方花村新太郎は乙女だったゆきが、成熟した女性の魅力に満ちているのを、賛嘆の眼で見詰めていた。

「僕は勤務があるのでゆっくりお話ししていられないんです。残念だけど、さえさんお願いしますよ」

新太郎はそう言うと、未練を残しながら去って行った。

小さな入り江に面し、小高い所に建てられた浦上天主堂への坂道を、ゆきとさえはゆっくり上がって行った。原子爆弾によって大きく損傷された会堂は、信徒達の手によって一応修復されてはいるものの、その痕跡は誰の目にも明らかだった。

御堂では礼拝は行なわれていない。参観者もまばらであった。ゆきは祭壇の前に跪《ひざまず》き、会堂の完全な復興と、原爆の地上から消え去ることを祈った。

瞬時にして四万人の命を奪った原爆の恐ろしさ、惨《むご》たらしさ。これもまた世の不条理だが、神の意志とどう関わって来るのか、それは謎としか言いようがない。ゆきは日頃からの疑問に直面し、同時に静子伯母の嘆きと怒りを思い出さずにいられなかった。

「伯母様には一目会って帰ろう。そしてゆっくり話を聞いて上げよう」

彼女はそう決心した。

天主堂を後にした二人は、さえが行きつけのレストランで向かい合っていた。ここへ来る迄も話題は尽きなかったが、あらためて向かい合うと、お互いの身辺の問題に話題は移って行った。

「さえさん。今朝、駅で貴女と花村さんが並んでいるのを目にした瞬間、お二人の間に光が射していると感じたのだけれど、相愛の仲なの？」

ゆきは率直に尋ねた。

「ええ、まあそうね」

さえはそう応えると、子供っぽくクスリと笑った。

「それは結構ね。新太郎さんは貴女にとって理想の男性かしら」

「ええそうよ。でも相手を理想化するのはよいことなのかな」

さえの表情からは笑いが消えていた。

「そうすると彼は貴女が理想の女性ね」

「それは解らないわ。ひょっとするとゆきさん貴女じゃあないのかしら。彼はよく貴女のことを話していたのよ」

「まさか、そんなこと……」

ゆきは笑ったが、さえの目に潜む複雑さを、女性らしい直感で捕らえていた。

「じゃあ何時結婚なさるの」

「まだまだ解らないわ。私達若いんだもの。もう少し自由にしていたいな」

「そうね。急ぐことはないわよ。私はとにかく独立することが第一」

「ゆきさんなら必ず出来る。保証するわ」

さえは真底からそう思っていた。

「これから藤井さんの所へいらっしゃるんでしょう。私大体の場所は知っているから送って上げるわ」

食事が終わったところでさえが提案した。

「有難う。お願いね」

ゆきにとっては渡りに舟であった。

藤井静子の家は、矢張り坂の上に建っていた。

「それじゃあ私ここで失礼するわ。本当に会えて嬉しかった。また会いましょうね」

「ええ。今度は東京で……」

さえは手を振りながら坂道を下って行った。

事前に連絡してあったものの、静子は手を取らんばかりにゆきの来訪を喜んだ。

「まあゆきさん一層綺麗になって、すっかり大人になったわね」

彼女はしげしげゆきの姿に見惚れていた。

あの手紙の様子から言って、静子がやつれているのではないか、とゆきは案じていたが、何処にもその影がないのにゆきはほっとした。

二人の会話は自然旅順、大連の想い出に傾きかちだったが、やがて静子は亡夫のことに言い及んだ。

「寿美子伯母様には随分激しい手紙を御書きしたけれど、今はずっと落ち着いているの。ただ何故もう少し我慢して、せめて病死だったらよかったと思っているわ。ひょっとしたら帰ってこられたかもしれないんですからね。脱走、射殺は余りにも惨たらしいわ。それにしても神様はどうしてこんな不条理をお許しになるんでしょう。その気持ちは今も変わっていないの。ゆきさん、そのことどう思って……」

「伯母様のお気持ちはよく解りますわ。ただ人間はその人と同じ立場に立ってみなければ、相手のことは解らないんじゃあないかしら。私も大連で同じ経験をして来ました。それから神様と不条理の関係ですが、私にも謎としか言えないんです。ただ神様は与えることも、奪うこともなさるんです。何故奪うか、それは理解出来ません。永遠に解らないでしょう。何故と問わないのが信仰だと思うんです」

「そうね。確かにそうだわ。するとゆきさんは何時も丸ごと受け入れるのね」

「まさか伯母様。何時も何故、何故と申し立てておりますよ。その方が人間らしいのではないでしょうか」

ゆきは微笑を浮かべていた。

「成程ね。今日はゆきさんに会えてよかったわ。私はもともと信仰心のない人間だけど、今はその方に関心を持っているのよ」

彼女は壁にかけられた亡夫の写真にちょっと視線を走らせまた言葉をついだ。

「今は三人の子供を育てるのが生き甲斐ね。ああそうそう。大連で御世話になった花村さんが時々訪ねてくれますよ」

「ええ。今朝駅でお会いしました。立派になって……」

ゆきは本当の気持ちを伝えた。

「あの人、貴女の親友のさえさんと婚約しているらしいのね。でも貴女のことをとても懐かしがっているわよ」

「お二人が幸せになることを何よりも祈っていますわ」

ゆきは言葉短《みじか》に答えた。

静子の家に一泊したゆきは、翌朝別れを告げ、長崎発の急行に乗るため駅へ急いだ。

構内には既に見送りのさえが待ち受けていた。

「ゆきさん、昨日は楽しかったわ」

「本当に嬉しかった。今度は東京へ来てね」

「うん是非。新太郎さんがよろしくって言ってたわよ」

「そう」

ゆきは軽く聞き流すと、探るようなさえの視線をことさら避けるようにした。

列車に揺られながら、「本来なら雲仙、島原、天草にまで足を伸ばしたかったのだが、仕方がない。今回はさえや静子伯母に会うのが目的だったのだから……」ゆきはそう思い、満足していた。

長崎から帰ったゆきは、母の寿美子に、静子伯母のことを細かく伝えた。

「静子さんも落ち着いてよかったわね。矢張り子供達が支えになっているんじゃあないかしら」

彼女も話の内容に安堵の色を浮かべていた。

ゆきは静子伯母とさえに簡単な礼状を認めたが、それから程なくして、見慣れぬ書体の封書を受け取った。裏を返して見ると、花村新太郎とある。「何だろう」訝《いぶか》しく思いながら彼女は封を切った。

「ゆきさん。先日は失礼致しました。ゆっくりお話も出来ず、残念と思っています。それにしてもすっかり成長したあなたの姿に、僕は襟を正す思いでした。懐かしさと新鮮さが入り混じった複雑な感情です。

僕には今さえさんの家と養子縁組をする話が持ち上がっています。当然花村の姓はなくなるのですが、なんとなく郷愁めいたものを感じてなりません。来春には結論を出したいと思っています。

ではまたの機会を楽しみにしています。末筆ながらご両親様にどうぞよろしく」

読み終わって「この人は一体何を考えているのだろう。襟を正す、複雑な感情とは言葉が過ぎる。それに養子縁組には及び腰だ。さえさんとの結婚はどうするのだろう」ゆきは小首を傾《かし》げながら手紙を封筒にしまった。一応礼儀として返事を書いたが、さえの前途に不安を感じてならなかった。

長崎に行ってから一年が過ぎ、次の年の一月、西山校長がゆきを校長室によんだ。

「卒業が近くなって来ましたが、将来のことはもう決めておられますか」

「いいえまだ全然決めておりません」

「それなら母校に残って、中高生に教えて下さいませんか。杉山さんは成績も優秀だし、外地で苦労された特殊な経験をお持ちです。この学校の生徒達は順境に育っていますから苦労を知らないのです。あなたの経験を生かし、生活面でも指導して下さると有難いですね」

西山校長の申し出をゆきは嬉しく受け留めたが、「一応両親と相談して」とその場を退出した。

三年の学業を無事に終え、新年度からゆきは母校の教壇に立っていた。教えることの難しさを肌で感じながらも、彼女にとっては楽しい日々であった。だがゆきは何時までも教職についている心つもりはなかった。西山校長の好意に報いるため、数年は留まるとしても、いずれは修道会に入り、祈りと奉仕の生活に徹したい、それが人生の最大目的と考えていた。周辺からは結婚話も生じ、魅力的な彼女との交際を願う者もあったが、ゆきはそれらに一切応じなかった。そうした或る日、久しく絶えていたさえからの便りが届いた。

ゆきさん。お便りを戴きながらご返事もせず、本当に御免なさい。書こう、書こうと思いながら、筆が渋って書けなかったのです。

ゆきさんは教壇に立っておられるそうで、あなたにぴったりですね。きっと良い先生になられるでしょう。私は幼稚園の先生。これが性分に合っているのです。

ところでこの所、私は悩みに悩んでいるのです。それというのは新太郎さんとの間柄のことです。養子縁組が事実上決まっていたのに、彼はなかなか前進しようとしないのです。何が理由かよく解りませんが、察するところ、彼には私以外に、誰かを愛しているのではないか、と考えるようになってきています。その人はというと、それは恐ろしいことに、ゆきさんあなたではないかと思えてなりません。何故かというと、長崎であなたにお会いして以来、彼の態度が少しずつ変わり、口の端に上る言葉も、それを裏書しているからです。

新太郎さんは「ゆきさんのお父さんは医師だからソ連や中国は手放さない。だからゆきさんも日本へは帰れないだろう」と、よく話していました。それが美しく成長したゆきさんが目の前に現れたのですから、衝撃は大きかったと思います。心を揺さぶられても無理はないかもしれません。でもそれが真実としたら、何と悲しいことでしょう。

ゆきさんと私は、小学一年生の時から手を繋ぎ、道草をしながら学校へ通い、帰宅してからは暗くなるまで遊びほうけた仲でした。それが今、まるで恋敵のようになるとは、何とした皮肉な運命なのでしょう。

人間の幸せは、我を忘れて遊んだあの頃にしかないのでしょう。大人の世界に入れば、周りのことに振り回され、不幸という泥沼に足を踏み込むのかもしれません。

ゆきさん。私からのお願いは、あなたが新太郎さんをどう思っておられるのか、それと新太郎さんの心の中を読み取って戴きたい、ということなのです。無理なお願いでしょうか。それによって私も考えなければなりません。此の儘の状態が続いては、私は鬱病になってしまいます。

東京でお会いする約束も果たさず、こんなお手紙を差し上げ御免なさい。早く落ち着いた日々が来ることを願っています」

読み終わってゆきはふっと溜息をついた。

「こんなことだったのか。それにしても花村さんはどういう人なのだろう。私が彼の心中を聞き質すのはお断りしたい。これは静子伯母様に頼もう。あの方なら何でも言える立場だ。きっと何かを引き出してくれるだろう」

ゆきはそう決めると静子に委細を伝える手紙を書くと同時に、さえに返事を書いた。

「さえさん。御手紙拝見しました。暫く音信がないのでどうしておられるか、案じているところでした。

ところであなたが悩んでおられるお気持ちもよく解ります。問題は花村さんですが、私はあの方に、特別な感情など全く持っておりません。その点はどうか御心配なく。

私があの方にお会いしたのは十六歳の時でした。それからもう年月がたち、私も大人になり、人を見る目も変わって来ています。次に花村さんの心の中を聞き質して欲しいとのことですが、これは静子伯母様に任せたいと思います。後はそれからのことにしましょう。

さえさんは本当の幸せは、何もかも忘れて遊びほうけていた頃にしかないと言われますが、確かにそうなのでしょう。だけどそこで立ち止まってしまったら、人生を途中で打ち切らなければなりません。矢張り大人の世界に渦巻く不幸に耐え、それを乗り越えて行くことが人生なのだと思います。今は鬱病になるほど悩まれていても、きっと明るい展望が開けますよ。心からお祈りしています」

ゆきが静子伯母からの返書を手にしたのは、学園の木々が落ち葉を急ぐ頃であった。

「ゆきさん。すっかり御返事が遅くなってごめんなさい。新太郎さんがなかなか捕まらなかったのです。

先日顔を合わせ、ゆっくり話を聞きました。察するところ、事の原因は矢張りあなたにあるようですよ。彼はもともと一人っ子で甘やかされたのでしょう。意志が弱いんですね。本来医師になるはずだったのに、さっさとやめてしまっただけでもお解りでしょう。それはともかく、大連時代に心を寄せていたあなたが、思いがけず成長した姿で現れたのには、すっかり心を乱されたのでしょう。そこからぐずぐずの日が始まったのです。これではさえさんが可愛そうです。何とかしてあげなければいけませんね。それにはあなたが彼に会って、はっきりした態度を取って下さることが一番だと思います。新太郎さんにもそう勧めておきましたから、何れ連絡があることでしょう。そこから後はあなたに任せます。思うように図って下さい。私としてはこれ以上のことは出来ません。総てはあなたが鍵を握っているのです。人間何処まで行っても、男と女の関係なのでしょうかね」

読み終えてゆきは最後の一言には苦笑した。

程なく花村新太郎から、「是非お会いしたい。ついては場所と日時をご指定願いたい」との葉書が届いた。

ゆきは二人きりで会うことには気が進まなかったが、さえのことを思うとそれは言っていられない、そう腹を決めると、学校の応接室に某日の午後にお出で戴きたい、と返事を書いた。

その日職員の案内で現れた花村新太郎は平服姿であった。ゆきは長崎で会った時より、何となく老けた感じを受けてならなかった。

「お忙しいところをお邪魔して申し訳ありません」

「いいえ、遠路遥遥《はるばる》ご苦労様ですわ」

ゆきは椅子を勧めると、自分は距離を置いて彼と向かい合った。

「ゆきさん。また美しくなられましたね」

新太郎はゆきの面に視線を注いだ。

「それはどちらでもよいことですわ。それよりさえさんとのことはどうなさったんですか。さえさんからもお手紙を戴き大変心配しています」

ゆきは相手の口を封じ、ことの核心に触れて行った。

「いや僕が総て悪いのです。何時までも煮え切らない態度をとったために、皆に迷惑をかけました。静子伯母様からは、ゆきさんに会ってお考えを聞きなさいと言われました。僕も決着をつけねばと思い、今日伺ったのです。

ゆきさん。あなたに初めて会ったあの日から、僕はあなたに心を寄せていました。しかし僕は日本へ帰らねばならなくなり、ゆきさんはお父様のお仕事の関係で、もう日本へは帰れない、そう僕は決め込んでいたのです。それが突如成人した姿を僕の前に現しました。その美しさに僕はすっかり心を奪われたのです。さえさんとの関係が進んでいる今、いけないことだと解っていましたが、どうにもならなかったのです。そうやってぐずぐず日を過ごしてしまいました。

ゆきさん。今あなたは僕のことをどう思っておられますか」

やや伏し目がちに訥々《とつとつ》と語る新太郎の面は蒼白だった。

「私があなたにお会いした時は未だ十六でした。あなたがお歌いになる『野薔薇』の伴奏をして褒めて戴いた時、私の心は揺れました。それ以来、私もあなたに好意を持ち続けていたのです。お別れした時も大変淋しゅうございました。でもそれは十六歳の少女の思いでした。その後私は成長し、考え方も定まり、人を見る目も変わりました。長崎でお会いした折も、立派な警察官になられた、さえさんとは本当によい一組だ、と感じただけです。昔の私が蘇るようなことはありませんでした。勿論今も変わっておりません。ですからどうか私に未練を残されるのはやめて戴きたいのです」

彼女は新太郎を正面に見据えたまま、一息に語った。

「そうでしたか。よく解りました。夢から醒めたような気がします。さえさんには悪いことをしました。心から詫びなければなりません」

彼は失望とも、安堵ともつかぬ、複雑な表情をしていた。

「是非そうなさって下さい。このままではさえさんは病気になります。私からのお願いは、さえさんのお家を継いで、あの方を幸せにして下さることです。さえさんと私は幼い時から仲良しでした。今もそれに変わりはありません。あの方の不幸は私の不幸でもあります」

ゆきはそう言うと、ほっと溜息をついた。

「ゆきさんは将来をどうなさるのですか。教職をお続けですか」

新太郎は遠慮深げに尋ねた。

「まだはっきりしたことは決めておりませんわ」

「そうですか。何れにせよお幸せであることをお祈りしております。どうもお邪魔を致しました」

彼は静かに立ち上がっていた。

新太郎を玄関迄見送ったゆきは、引き返すと再び椅子に腰を下ろした。短い時間ではあったが、緊張の糸が解《ほぐ》れ、疲労感に包まれた。

「あの頼りない人はさえさんを幸せに出来るのだろうか。また何かを引き起こすのではないだろうか。それにしても神さまは何という悪戯をされるのだろう。手を取り合い、遊び回っていた私達を、対立した間柄にされるとは……。それはともかく、私は自分自身のことを真剣に考えなければならない。理想としていた修道会に入るか、それとも家庭の人となるか、自分で考え、自分で決めよう」

そこまで思いを馳せると、ゆきは何となく息苦しくなり、立って東側の窓を開いた。新鮮な外気がながれこみ、彼女をほっとさせた。見上げると空に鰯雲が浮かんでいる。

「秋だわ」彼女はそう呟くと、愛誦する一句を口ずさんでいた。

鰯雲人に言うべきことならず

永遠の門

一

小学五年生の美子は、朝の身支度を整えると、先ず愛犬のエリスの所に顔を出すのが慣《なら》わしだった。エリスは二年前どこからか迷い込んできたのだが、一人娘の美子の懇請によって家族の一員となったのであった。最初痩せ衰えていたエリスは、家族の愛情によって、何時しか丸々とした子犬に変貌した。特に垂れた耳と、茶色気を帯びた丸い瞳が、エリスを一層愛らしくさせていた。

「エリス、お散歩に行こう」

美子はエリスを連れ出し、一回りしてから食事を与えるのだった。それが済んでから、美子は学校へ行く用意にとりかかっていた。

学校から帰ればまたエリスと遊び、彼女にとってエリスは掌中の珠《たま》のような存在だった。

或る日のこと、美子はエリスを犬小屋に繋ぐのを忘れて学校へ出掛けたことがあった。気がついてみると、エリスが自分の傍らにいるではないか。

「わあエリスが来た！」

生徒達が騒ぐので顔を覗かせた担任のT先生が、「美子さん、犬を教室に連れて来ては困るよ。連れて帰りなさい」と笑いながら彼女を促した。

「はい先生、済みません」

美子も笑いながらエリスを外へ連れ出したが、自分の後を追って教室まで入ってきたエリスが一層愛らしくてならなかった。

美子の父田村豊は町役場の職員だが、実直な人柄であった。母の奈美は小柄で明るい働き者。わが子に自分の名前の一字をつけ、慈しみ育てた。美子が物心ついた頃、「もう一人弟妹が欲しい」とせがまれたが、「その内に恵まれるかもね」と応じたものの、結局一人っ子に終わってしまった。

だがこの平和な小家族の上に一大事件が起こった。それは母奈美の急死であった。もともと頭痛知らず、お産以外は寝たことのない丈夫な奈美だったが、胆嚢癌《たんのうがん》を発生し、急速に広がって一月《ひとつき》の間にこの世を去ってしまった。

豊は悲嘆の内に、この冷厳な事実を受け止める他はなかったが、まだ幼い美子は、ただただ悲しみと涙の中に沈んでいた。

「エリス、もうお母さんは帰ってこないんだよ」

泣きながらエリスを抱く美子の心をおしはかるように、涙に濡れた美子の顔を何度となく舐めていた。

母の葬儀が滞りなく終わり、一落ち着きすると、豊が美子に語りかけた。

「美子、お母さんのいないのは淋しいし、不都合だが、お父さんと二人で過ごそう。お前はもう直ぐ中学生だ。少しは家のことも出来るだろう。エリスもいるし、元気を出そう」

「ええお父さん、私お母さんの代わりに一生懸命やります」

二人の心は一つになっていた。

中学生になった美子は、放課後のクラブ活動も出来るだけ早く終わる文化部を選び、帰りには夕食の素材を求め家路を急いだ。喜ぶエリスを連れて一散歩し、夕食を与えてから彼女は親子二人の夕食の用意に取り掛かっていた。

「お母さんがいた頃に比べると、私は随分几帳面になった」

美子は自分の変化に驚きさえ感じていた。

時折道で親子連れを見かけると、羨ましさと寂しさが湧いてきたが、「お母さんは高い所から見守ってくれているのだ」と自らを慰めるのであった。

父の豊は、仕事柄帰宅もあまり遅くならず、親子揃って夕食の席についたが、母のいない食卓には櫛の歯が抜けたようなわびしさがあった。

「美子はよくやってくれるな。それにしても主婦のいない家庭とは淋しいものだな」

豊は美子の心を思いやらず、愚痴めいた言葉を漏らした。

「お父さんは再婚でもしようと思っているのかしら。私のお母さんは奈美お母さんだけなのだけれど……」

美子は何となく疑念を感じないではいられなかった。

母奈美の喪が明け、暫くしてからのことであった。父の豊があらたまった口調で美子に語りかけた。

「美子。お父さんは再婚しようと思うのだが、お前どう考えるね」

「お父さん、二人で暮らそうとおっしゃったじゃあありませんか」

矢張りそうだったのか。美子は反発を感じてならなかった。

「うん、最初はそう思ったよ。だが時がたってみると家庭には矢張り主婦がいるのが自然だと思うようになった。お父さんはまだ若いし、お前も少女だからな。一番大事なのは、お前と新しいお母さんが気持ちよく暮らしてくれることだと思う」

「その人どういう人なんですか。お父さんがよく知っている人？」

「うん。隣町の人でな、前からよく知っている。今度友人が再婚を勧めてくれる」

「私にとってのお母さんは奈美お母さんだけです。新しいお母さんが欲しいと思ったことはありません。でもお父さんの思うようにして下さい」

美子は突き放すような言い方をした。

父は娘の心中が解らない訳ではなかったが、一つ屋根に暮らし、時がたてば親しみも湧くであろうと楽観していた。

二

新しい母絹代が田村家に納まったのは、美子が中学三年生になった春のことであった。

「美子さんね。私絹代よ。よろしくね」

外来の客のような挨拶に美子はやや戸惑い、「はい、よろしく」と手短に答えた。

「この人を自然にお母さんと呼ぶことが何時になったら出来るのだろう」

彼女は全く自信がなかった。

後妻の絹代は大柄の上、働き者だった。家事は一切彼女の手に任されたが、美子は努めて手伝いを買って出ていた。だが日が経っても、矢張り「お母さん」と心から呼ぶことは出来なかった。父親から再婚の話が漏らされた時も、彼女には強い抵抗感があった。美子にとって母親は奈美だけだったのだ。その座を誰かに取って代わられるのには拒否反応が働いた。まだ男の心理も充分理解せぬ乙女にとって、それもまた無理からぬことだった。

一落ち着きすると、絹代は家の中を片付け始めた。居間に掛かっていた薔薇の絵は、ここに似合わないと外され、代わりに彼女が持参した白鷺の絵が掛けられた。薔薇の絵は、奈美が愛していたものである。

「お母さんがあんなに愛していたのに……」

美子の心は傷つき、それを狭い自分の部屋に飾った。

「お母さん私がここにいますよ」

そう絵に向かって呼びかけると、急に涙がこみ上げてならなかった。

だがもっと美子を悲しめることが起こった。

絹代は前妻の箪笥から、彼女が残していった和服を取り出し、「これは身丈が違いすぎる、柄が似合わない」と風呂敷に包み、何処かへ持ち去ってしまった。

「奈美お母さんの形見として仕舞っておいてもよいのに。何と心の冷たい人なのだろう。私はこの家を早く出て独立しよう」

美子は心に誓った。

数日後、彼女はこのことを父に打ち明けた。

「絹代のやることもやることだが、お前もそう頑なにならんでもよかろう。早く家を出るなどと穏やかでないことは言わぬ方がいい」

豊は顔を曇らせた。

「いいえお父さん。高校はH市立高校の看護科にゆかせて下さい。三年経ったら准看護師の資格を貰い、病院勤めをする心つもりです」

美子も後へ退《ひ》かなかった。

「お前がそう覚悟するなら、まあやってごらん。学費の方は心配せんでもよいよ」

時がたてば治まるであろうと、彼は娘の意向に強いて逆らわなかった。

だが美子にとって一つの救いは、絹代がエリスを可愛がることだった。エリスもそれを察知して彼女によくなついた。高校生になった美子の帰宅が遅い時は、夕方の散歩を引き受け、食事も与えてやった。

「エリスの小屋が玄関にあっては陽が当たらなくて健康に悪いんじゃあない。南の何処かへ動かしたらどう。夜は縁側に布団を敷いて寝かせばいいと思うわ」

絹代の提案に豊も賛成し、小屋は庭の一隅に移動された。

「ここなら適当に陽が当たりますね」

「ええ、いいと思いますよ」

美子はそれに応じた。

エリスは新しい居場所が気に入ったのかはしゃいでいた。夜は夜で、縁側に丸くなって眠った。

美子はエリスの存在が、二人の心を和らげるのではないかと期待した。

二年生の春を迎えた美子に、或る日豊はさりげなく語りかけた。

「絹代にどうやら子供が出来たらしい。お前は弟妹を欲しがっていたから、丁度いいんじゃあないか」

「奈美お母さんの子なら、本当に弟妹と思うけれど……」

美子は後の言葉を濁した。

「今更それを言ってみても仕方がない。それにこの子にはお父さんの血が半分混ざっているんだよ」

「それは解っています。どんな赤ちゃんでも可愛いから、出来るだけお手伝いしますわ。だけど高校を出たら、この家を離れて独立します」

「やっぱり未だそう思っているのか。仕方がないな」

豊は嘆息まじりに大きく息を吐いた。

高校三年生になった美子は、自立する日が次第に近づいていることを実感していた。そうしたある日、早目に帰宅した彼女は、エリスを散歩に連れ出した。何時もなら大喜びをするエリスだが、今日は元気がなく、渋々腰を浮かした。

「エリス変ねえ」

美子はちょっと不審に思ったが、散歩中も、エリスは嫌々付いてくるのだった。彼女は途中で散歩を切り上げ、帰宅した。

「エリス、お腹が減ったのかな」

そう言って食事を持ってきたが、エリスはちょっと鼻をつけただけで食べようとしない。それどころか息が荒くなり、前足でその辺りを掻き毟《むし》るようになった。

「大変、エリスが！」

彼女は絹代の所に走った。

そそくさとやって来た絹代は、一目エリスの様子を見るなり、「美子さん、直ぐにお医者様をお呼びなさい」と美子を促した。

「はいお母さん」

美子は自分の口から出た一言に、驚き当惑した。

「エリス、お前が言わせてくれたんだよ。エリス！」

彼女は感情がこみ上げるのを抑えながら、電話の受話器を取り上げていた。

程なく掛かりつけの医師が現れたが、エリスの様子を一目して、「これはいけません。腎不全をおこしています。エリスも年齢が年齢ですからもう楽にしてやっては……」と絹代に視線を向けた。

「そうしてやって下さい。見ていられませんから。だけど貴女はどう？」

そう言うと美子に判断を仰いだ。

「可愛そうだけど仕方がありません」

彼女は沈痛な面持ちで答えた。

医師は麻酔薬を少しづつエリスの腰に注射していった。エリスの苦しみが和らいだが、呼吸は次第に細くなり、やがて最後を迎えた。

「エリス！」

美子はまだ温かみのあるエリスの体をしっかり抱いた。共に暮らして十年、彼女にとっては姉妹同然だった。喜びも悲しみも、エリスと共にあったのだ。

夕刻豊は帰宅すると、この有様に暫し呆然としていたが、「エリスは我が家で平和に暮らしたから、家の庭に葬ってやろう」と一言漏らした。

翌日桜の根方が深く掘られ、エリスの遺体は手厚く葬られた。豊は何処からか角材を持って来て、「いずれ墓石を造ってやろう」と言いながら、「エリスの墓」と墨書し中央に立てた。

絹代はその前に膝を折り、両手を合わせた。美子はその姿を、今迄とは違った思いで打ち眺め、自分も傍らに膝を折っていた。

その年絹代は男児を出産した。豊は後継ぎが出来たと大いに喜び、誉と名付けた。

「奈美お母さんの子でなければ……」

と頑なだった美子も、赤子は矢張り可愛い。それに絹代に対する感情が和らいだ今、産褥にある絹代に代わって家事をこなし、誉の世話に進んで手を貸す日々を過ごした。

美子の卒業が次第に近づく頃のことであった。

「美子、お前卒業したら矢張り独立する心つもりか。上の学校に進学した方がよいのじゃあないかね」

豊がさりげなく尋ねた。

「ええ。私もそのことは考えています」

彼女の話によると、高卒で就職すれば、准看護師の資格しか得られない。正看護師との間では待遇は勿論、仕事の軽重にも差がある。仕事をしながら正看護師の資格を得るには、八年の実績と二年間夜学に通うか、通信教育で単位を取らねばならない。これは相当厳しい条件であった。

何も急いで就職する必要もない。看護専門学校で三年学んでからでよいのではないか。彼女の考えは、次第にその方向に傾いていた。もともと早く独立しようと考えたのも、継母絹代との折り合いの悪さからであった。それがエリスの死を境に次第に解けて行った今、美子の考えが変わるのも当然であった。

「お父さん。もう三年間勉強させて下さい」

「いいとも。お母さんも安心するだろう」

豊は娘の変心に、内心ほっとしていた。

翌年の春、美子は同じY市にあるO看護専門学校に入学した。朝は早目に家を出て、講義が終われば間をおかずに戻って、家事と育児に追われる絹代を手伝う毎日であった。

一方誕生日を過ぎた誉は歩き回るようになったが、美子は誉の歩行に、何となく不自然さを感じてならなかった。手探りで歩いているわけでもないが、視覚に頼っていない節が見られたのだ。一度は縁側から危うく落ちそうになり、美子が抱きとめることもあった。

「お母さん。誉ちゃんは視覚に問題があるんじゃあないかしら」

日をおかずに美子は絹代に打ち明けた。

「そうね。私も何となく足下が危ないと思っていたけれど、この齢ではこんなものじゃあないのかしら……」

彼女は美子の言葉に納得しなかったが、それでも念のため、眼科医の診察を受けることにした。

診断の結果、「このお子さんには先天性の緑内障があります。必ず失明すると考えねばなりません」

医師の宣告は冷たかった。

誉を抱いて帰宅した絹代はしばし呆然としていた。我が子が運命づけられていることに、いたたまれない思いだった。

「美子さん、矢張り誉には障害があって失明するそうよ」

帰宅した美子に絹代は力なく語った。

「まあ可愛そうな誉ちゃん」

美子は暫く無言だったが、思いなおし言葉を次いだ。

「でもそれで誉ちゃんの人生が決まったわけじゃあありませんわ。盲人になってもしっかり生きている人はいますことよ。皆で護ってあげましょう」

美子の方が冷静であった。

この事実を知った豊は、将来の可能性を阻まれた我が子をいたく哀れむと同時に、不安を感じてならなかった。

「美子。この子の将来はどうなるかな」

「お父さん、お母さんにも話しましたが、心配はありませんよ。道は狭くなるかもしれないけれど、学校教育を受ければ必ず独立出来ますよ」

「そうか。あまり心を煩わせないようにしよう」

彼にとって美子は誰よりも頼りになる相談相手だった。

三年間の学業を終え、優秀な成績で卒業した美子は、T市にあるO病院に就職が決まっていた。総合病院である同病院は、その地域の医療にとって欠かせない存在だった。

彼女は奉職とともに実家を離れ、独立自活の道を選ぶことにしていた。何時の間にか一家の中で力強い存在になっていた美子が家を離れるのは、豊や絹代にとって淋しいことであった。

「お休みには帰って来ますよ」

彼女は二人の思いを充分察していた。

三

病院から程遠からぬワンルームマンションの一室を借りた美子は、エリスの写真と、亡き母奈美の愛した薔薇の絵を壁にかけた。この二つが何時も彼女を励ましてくれるように思えてならなかったのだ。

「エリス。行って来るからね」

そう言葉をかけてから出掛けるのが慣わしだった。

その年S病院に就職した五十名の看護師達は、病棟での三年間の研習が課せられていた。病棟には各科から様々な患者が集まる。彼女達はそれらに接して病の実態を知り、薬の投与、病状の記録等など、基本的な知識を得るのであった。更に看護師として最も大事な患者への接し方を学ぶ場ともなった。この三年間の経験を経て、新人看護師達は一人前の看護師と認められるのであった。

美子は時に戸惑いを感じながら、忠実に仕事を果たして行った。やっと一年目が終わる頃、彼女は皮膚科病棟に入っている一男性の担当になった。記録を見ると、病名は皮膚リンパ腫（皮膚癌）とある。ただ注意書きに盲人と記されていた。美子は思わず誉と重ね合わせずにはいられなかった。この方と話をすれば、何か得るものがあるかもしれない。「どこかでその機会を探そう」彼女は密かに心に決めた。

大友三郎と称するその男性は六十恰好、極薄い茶色の眼鏡をかけ、穏やかな風貌の持ち主であった。毎週夫人と思われる人が現れる。齢も六十前後か、大変美しい。美子は何時か大友が歩んで来た道について尋ねたいと思っていた。

大友は特効薬、インターフェロンの注射を午前中に受け、午後は紫外線の照射のため外来に赴く。病棟から外来まではかなりの距離があるが、美子は彼を誘導する機会を捉え話し掛けた。

「大友さんは幼い頃からお目が見えないんですか」

「いや、私は二十歳の時に全盲になりました」

「そうですか。実は私の弟は五歳ですが先天盲なんです」

「ほおう、それはお気の毒な。色素変性症ですか」

大友は思細気《げ》に聞き返した。

「いいえ、先天性緑内障で、治らないのだそうです」

彼女はありのままを答えた。

「そうですか。しかし盲人は学びさえすれば自立出来ますよ。私は県立の盲学校で長いこと教えてきましたが、自立心のあるお子さんは、親御さんがしっかりしていらっしゃいます。可愛そう、可愛そうで過保護になると、依頼心を増すばかりで自立心を阻害します。ご両親にはそこをよく考えて戴くことですね。後は本人の意志次第です」

「解りました。両親にはよく話しておきます」

美子はこの人の中に一貫した思想があることを感じ取っていた。

「こんなことをお尋ねしてもよろしいでしょうか。奥様とは何時頃からお知り合いになったのですか」

　彼女は遠慮気に尋ねた。

「見えなくなってからですよ。数年たって結婚しましたけれど、彼女にとって眼が見える見えないは、価値判断の基準ではなかったのです。一人の人間そのものを愛したから結婚したのです。この考えは正しいと思いますよ。大事なのは心でしょう。人間、時に闘わねばなりません。しかし愛は闘いの上にあるのでしょうね」

　大友は真面目な口調で語った。

「闘いの上に愛がある」美子はこの一言に強く印象づけられ、夫婦が歩んで来た道が理解出来るように思った。

　毎日大友が受けている注射薬インターフェロンは、効果もあったが副作用も強かった。時に高熱を発する。その夜も美子が計った体温計は、三十八度六分を示していた。彼女は解熱剤を取りに医務室に急いだ。服用後、一時間程して、彼女は再び体温を計った。

「あら、未だ五分しか下がっていないわ」

体温計を見詰めながら美子は気落ちした。

「いや、一時間で五分下がれば上等でしょう。明日の朝は良くなりますよ」

大友は微笑を浮かべながら彼女をなだめた。美子はこの一言にはっと我に返った。

「看護師は患者を慰めねばならないのに、これでは主客転倒だわ」

彼女は至らない自分を恥ずかしく思い、明るい表情を取り戻した。

一月程入院した大友は、経過良好で退院することになった。

「大変御世話になりました。有難うございます。一週間に一回は外来に来ますから、またお会いしましょう」

彼は美子に深く頭を下げ、夫人に伴われ去って行った。寄り添って歩む二人の後姿を、美子は畏敬と羨望の思いで見送っていた。

病棟における様々な体験は、美子を一人の看護師として成長させて行った。病棟には各科から患者が集められるが、その多くは重症患者といってよい。当然死者も生まれる。とりわけ外科病棟には多かった。若い美子は、死と自分を結びつけることは難しかったが、母奈美や愛犬エリスの死を通し、残された者の悲しさは充分理解することが出来た。それだけに遺族に慰めの言葉一つかけるのが当然の礼儀と思うのだが、御遺体の霊安室への移動などなど、その余地を与えない。ただ目礼して、その場を去るのが何時ものことだった。美子はこれが重なれば、何時しか死に対し、事務的にして無表情な人間になるのではないかと恐れた。「闘いの上に愛がある」との大友の一言があらためて思い出されるのであった。

四

久しぶりに実家に帰った美子は、誉が何時もと変わらぬ様子で遊んでいるのにほっとした。

「この子は何時になったら見えないことに悩み苦しむようになるのだろう」

彼女はあらためて大友三郎のことを思い起こしていた。

「二十歳で全盲になったそうだから、そこから立ち上がるのにどれだけ考え、悩み苦しんだことだろう。それがあの方を強い人間に成長させ、一人の女性の愛を勝ちうけたのだ。人間の魅力は、運命に立ち向かう雄雄しさから生まれるものかもしれない。誉も何れはそのような時を迎えるだろう」

彼女は一人思いに耽っていた。

豊も絹代も、美子の帰宅を心から喜んだ。とりわけ絹代にとって成長した美子が、心を割って相談できる何よりの相手だった。

「誉も学齢になったら、学校へ入らなければならないでしょうね」

「勿論ですよ、お母さん。可愛そうかもしれないけれど、寄宿舎に入れて、集団生活をさせた方がいいと思いますわ。本人も楽しく生活するのじゃあないかしら。自立心もそこから育ちます」

美子は自信をもって答えた。さらに大友との貴重な出会いを忘れずに伝えた。

「大友さんはよい伴侶にも恵まれ、立派に生きてきた方です。眼が見える見えないは第二の問題です」

「そうだな。よい方にお会いした。我々もよく考えねばならん」

豊は一入《ひとしお》感慨深げだった。

病棟における三年間の研習を終えた新人看護師達は、新しい部署の希望を出すことが出来る。大別して外来と病棟になるが、美子は第一希望を外来の外科、第二を皮膚科とした。大きな理由もないが仕事熱心な彼女は、患者数も多く、繁忙な外科を敢えて選んだが、皮膚科は、矢張り大友との繋がりを意識したからであった。

希望は入れられ、新年度から美子は外科の一員として立ち働くことになった。

外科主任の永井は年頃五十五、六、永らくその職にあるが、医師のスタッフは出入りが多い。二、三年で何処かへ転属し、また新しい医師が来院するのであった。

外科は重症軽症を含め、手術が多い。仕事熱心な美子は、機敏に立ち働き、医師に協力して手術の進行を見守るのであった。

「君が手際よくやってくれたから、手術は上手くいったよ」

そう声を掛けられた時、矢張りこの科を選んでよかったと、彼女は満足するのだった。

皮膚科の外来に通院している筈の大友にも会いたいと思ったが、なかなか仕事の合間がない。だが或る日所用で皮膚科に赴いた折、点滴室で点滴を受けている大友の姿が眼に入った。彼は眼を閉じているが、眠っている様子はない。

「大友さん、西村美子でございます」と静かに声をかけた。

「やあ美子さん、お久しぶりね」

大友の面に微笑が浮かんだ。

「はい御陰様で外科で働いております」

「それはお忙しい。ところで弟さんはどうされましたか」

彼は細かな心づかいを示した。

「有難うございます。盲学校に入って楽しくやっています」

「それはよかった。御心配はいりませんよ」

大友は明るく笑った。

「はい。大友さんのご様子はいかがですか」

美子は彼の顔色がちょっと冴えないのが気になった。

「なかなか思うように行きませんね。根気がいります」

「御大事になさって下さい。仕事が待っておりますので……」

彼女はそう言い残すと彼の許を去った。

一年の月日が流れた。その頃医局の医師が一人転属し、間もなくその後任が着任した。田所正一と名乗るその人物は、年頃三十二、三の青年医師であった。彼は寡黙で仕事熱心だったが、美子は一目見て、大友を若くしたような雰囲気を具《そな》えていると思った。一、二度手術の手伝いをしたが、美子は彼がひたすら手術に集中し、終わると患者が病棟に落ち着くのを見届ける几帳面さに好感を抱いた。

「西村さん、来週胆嚢癌《たんのうがん》の手術があるのだけれど手伝ってくれませんか」

或る時田所が美子に声をかけた。医師が看護師に依頼するなどは滅多にないのだ。

「喜んでさせて戴きます。私でよければ……」

彼女は謙遜気味に答えたが、彼の一言は、驚きと喜びで、彼女の胸を膨らますのに充分であった。それは同時に、彼女の青春の血が波立ち始めていることを示していた。医師と看護師の恋愛沙汰は決して珍しいことではないが、美子は自分がその資格に値するかどうか、疑問に思われてならなかった。だが沸いて来る思慕の情を抑えることも難しかった。

彼女は部屋に帰ると、エリスの写真に向かって語りかけた。

「エリス。私今困っているのよ。どうしたらいいだろうね。このまま引き下がってしまおうか。それとも思いを打ち明けようか。エリス、教えて」

円《つぶ》らな瞳のエリスは何も語らない。彼女はふっと溜息をついた。

思いあぐんだ末、矢張り自分の思いは伝えるべし、と心に決めた。

「先生、このようなあつかましい振る舞いをどうぞお許しください。私はただただ先生をお慕いしているのです。初めは柄にもないと思いましたが、矢張り打ち明けずにはいられなかったのです。先生が受け入れてくださったら、これ以上の幸せはありません」

美子は読み返し、封筒に納め上書きをしたが、どうやって田所の手に渡すか思案した。直接手渡すのは難しい。さりとて郵送するのはおかしい。少し大胆かもしれないが、カルテの間に挟むのはどうだろう。必ず先生の目に留まるに違いない。

翌日彼女はカルテの間に封書を差しはさみ、祈るような思いで田所の机の上に置いた。

一日が経ち、二日が経っても、何の反応もない。田所は何時もとかわらぬ表情で仕事をこなし、美子にも指示を与えている。ただカルテの間の封書はなくなっていることを、美子は確認出来た。

「きっと先生は手にしたに違いない。だがひょっとすると滑り落ち、他人の手に……」

安心と不安が入り混じった複雑な思いのままに日を送っていた。

一週間もしてから、田所が美子を呼び、「これを」と人目を避けるように一通の封書を手渡し、彼は無表情のままその場を去って行った。

「私より大胆な先生……」

彼女はそう思いながら封書を内懐に仕舞い仕事についたが、やはりその日は落ち着かぬ一日だった。

自室に戻った美子は、恐れを抱きながら封を開いた。

西村美子様

御手紙拝読致しました。あなたのお気持ちはよく解ります。またあなたが良い人柄であることも充分理解しています。ただ残念なことに、私には婚約者がいるのです。あなたのお心は大事にしますが、そのような理由でお受け出来ないのです。どうか悪しからず御了承下さい。

では用件のみにて失礼します。

田所正一

落雷に打たれたように美子は激しい衝動に包まれた。

「矢張りこんなことだったのか」

手紙を膝の上に置いたまま、彼女は暫く呆然としていた。

「婚約者がいるとは本当だろうか。断る口実ではないのだろうか。いや、それはどちらでもよい。先生とは御縁がなかったのだ。だが生まれて初めて慕った人のことは、私の心の中に何時までも留まるだろう」

そう思うと急に涙が溢れて来た。

「エリス。お前が元気だったら、私の涙を拭ってくれただろうに。お前まで逝ってしまったの」

新たな涙に暮れていた。

翌日、気丈な美子は何事もなかったように装うと、勤務についた。

「今日は田所先生お休みよ」

同僚にそう告げられると、彼女はほっとした。

二日ほど休んだ田所は再び現れたが、その表情は何時もと変わらなかった。出来るだけ美子と接触しないようにしていた。彼女もまた彼の顔を注視することは出来なかった。

一日一日が過ぎて行った。最初の打撃が薄らいだ頃、田所は忽然と姿を消した。

「田所先生転属されたのかしら」

美子はさりげなく同僚に尋ねた。

「知らないわ。あなたの方が詳しいんじゃあないの」

彼女の探るような視線を、美子はそっと躱《かわ》した。

五

田所が去った後、新しい医師をむかえた外科外来は、相変わらず繁忙だった。忙しさにかまけ、美子は暫く大友を見舞わなかったが、年度も変わったある日、彼が来院するのに合わせ、皮膚科に足を運んだ。だが何時もの点滴室に、大友の姿は見えなかった。

「大友さんは今日見えるんじゃあないの」

「ううん。大友さんはまた入院されたの」

顔見知りの看護師は、事も無げに教えてくれた。

不安がちょっと胸を掠《かす》めたが、美子はその足で病棟に赴いた。

以前と違い個室に名札が掛かっている。その個室は広く明るい。丁度点滴が終わったらしく、大友は半ベッドで身体を起こしていた。来訪を告げると「やあ美子さん」と何時もの笑顔の彼であった。

「すっかりご無沙汰を致しました。ご入院と聞いて驚きましたが、お具合はいかがですか」

美子は大友の表情が左程変わっていないのにほっとした。

「そうね、余り良いとは言えないんです。検査値がかなり高くなりましてね。今は内科でも診察を受けているんです」

美子の思いとは裏腹に、大友は厳しい表情を隠さなかった。

美子は田所との一件を打ち明ければ、大友は良い助言をしてくれるだろうが、それは却って彼の神経を疲れさすだけだと思いなおし、「また参ります」と病室を後にした。彼女は歩きながら、「内科で診察を受けている」との一言が、胸にひっかかってならなかった。

新緑の季節も終わり、そろそろ梅雨に入る頃であった。

皮膚科の病棟に勤務する同僚の岩井信子が、小走りに美子の所にやって来た。

「美子さん、驚かないでよ。大友さんが亡くなったの……」

「えっ亡くなったって！　何時のこと？」

美子は仰天した。

「一昨日よ。もっと早くお報せしなくて御免なさい。ご遺体は奥様が引き取って行かれたけれど、あんな感動的な御臨終に立ち会ったことはないわ」

信子はここで一息入れた。

「奥様は大変悲しがられたけれど、大友さんは「これでいいんだ。有難う」そう一言漏らされると奥様に手を握られたまま去って逝かれたわ。人生を見据えた、男らしい一言だと、身につまされたわ。大友さんは人生を立派に生き抜いた方じゃあないの。幸せなお二人だったと思うわ」

信子は思い出し、眼を潤ませていた。

「まだまだお会いしたかったわ。病棟勤務の駆け出しの頃から、何度も優しい言葉をかけて下さったし、奥様も良い方で、理想のお二人だった」

美子は大友が語った「闘いの上に愛がある」との一言を胸の中で繰り返していた。

大友が去って暫くしてからのことであった。美子は自室の郵便受けに、一通の封書が入っているのに気づいた。手に取ってみると郵便ではない。あまり上手とは言えない書体で、西村美子様とある。裏には小杉良平と書かれていた。

小杉良平は某大学の薬学科を卒業し、病院の薬局に勤務している薬剤師である。真面目一徹で、仕事にも落ちがない。美子が薬局に行った折は顔を会わせ、何度か言葉を交したこともあった。

「何だろう」殊更郵便受けに入れるとは……。訝しく思いながら封を開いた。

読みながら美子は息が詰まった。便箋二枚に、美子への思いが綿々と綴ってあるではないか。彼女が田所に認めたのより遥かに長く、しかも濃密である。時には歯が浮くような表現さえ見られた。

読み終わって美子はふっと溜息をついた。小杉がこれほど自分を慕っているとは気づかなかった。ひょっとすると彼は自分より年下かもしれない。それはよいとして、私にとっては有難迷惑だ。私は小杉さんに、特別な感情など微塵も抱いたことはない。さりとてこの儘にしておく訳にも行かないだろう。

美子は気が重くなりながら、封書を机の上に置いた。

その日から、美子は薬局に顔を出すのを控えた。

数日たって、彼女は小杉への返書を書いたが出来るだけ相手の心を傷つけないように気を配った心つもりであった。

小杉良平様

御手紙拝読致しました。あなたのお気持ちはよく解ります。しかし今の私にはそれを受け入れることは出来ません。何故と問われても、特別な理由はないのです。ただ異性としてのあなたに、心を寄せていないからです。随分冷たいことと思われるかもしれませんが、これが本音ですからどうぞお許し下さい。言葉足らずかもしれませんが、意のあるところをお汲み取り戴ければ幸いです。

西村美子

書き終わって読み返し、適当かどうか自信はなかったが、その儘封筒に納めた。後はどうやって相手に届けるかだが、病院で手渡すのは憚られる。あれこれ考えた末、郵送するのが最善と彼女は結論づけた。

投函してから一週間たったが何の反応もない。

「この儘引き下がってくれればよいが、あの濃密な手紙から推してそうは行かないだろう」

美子は半信半疑であった。

二週間程過ぎた頃であろうか、仕事を終えた美子は、夜の道を自宅へ急いでいた。その時ふと影法師のように後ろから付いて来る人の気配を感じ、更に足を速め自室に飛び込むと扉を堅く閉ざした。

「あれはひょっとすると小杉かもしれない」不安が彼女を包み込んだ。

ものの数分もたたぬ内、玄関のチャイムが鳴った。

胸の動悸を押さえ、「何方《どなた》ですか」と美子はインターフォンを通し、静かに尋ねた。

「小杉です。お会いできないでしょうか」

太い男性の声である。

「矢張りそうだったのか」彼女は恐れと嫌悪の情に包まれ冷静に答えた。

「こんな夜に、女一人の所へお出でになったのではお会い出来ません。私の気持ちは手紙に書いた通りです。どうかお引取り下さい」

冷ややかな上に、相手を圧殺するような力が籠っていた。

「そうですか。済みません、失礼しました」

沈んだような声のあとは静寂が漂っていた。

「立ち去ったであろうか。確かめる訳にもゆかない」

彼女は不安を抱えながら、落ち着かぬ一夜を明かした。

この一件があってから数日後、ただならぬ報せが院内に流れた。昨夜小杉良平が車の運転を誤り、ガードレールを突き破りT川に転落、死亡したというのである。警察が現場を検証した結果、ブレーキを掛けた跡がないので自殺ではないかとの判断を下した。病院にも警察官が現れ、小杉について聞き取りを行なったが、それ以上深く追求することはなかった。

この事件に、美子は衝撃を受けずにいられなかった。「あの夜のことが、彼を死に追いやったのだろうか。自殺ではなく、事故死であって欲しい」彼女はそう強く願った。

だが人の噂も七五日である。人々の口の端から小杉のことが消え去る頃であった。

或る日、美子が人気のない廊下を歩いている時、誰かが彼女を後ろから呼び止めた。振り返ってみると、薬局の勝川一枝が険しい表情で立っていた。美子は彼女が小杉とかくの噂があることを聞いていたので、何となく不穏な感じを受けずにいられなかった。

「何か御用？」

彼女は努めて穏やかに尋ねた。

「西村さん。小杉さんを死なせたのはあなたです」

一枝の一言には刺が含まれていた。

「私がですって？　小杉さんはお気の毒なことでした。確かに私にも責任の一端はあります。だがそれで、どうしろとおっしゃるんですか」

「謝って下さい」

「謝るってあなたにですか。それが小杉さんに、通ずるとでもおっしゃるのかしら。あまり筋道の立たない言い方は御止めになって。私はあなたに謝る心つもりはありません」

美子は最後の一言に力を入れ、急ぎその場を立ち去った。

その夜、美子はもの思いに沈んでいた。病院の廊下で、勝川一枝から浴びせられた一言が、彼女の胸から何時迄も消え去らなかった。

「考えて見れば、私が田所先生を熱愛したのと、小杉さんが私を激しく慕ったのとは、立場こそ違え同質ではなかったか。若い私は大胆にも手紙をカルテの間に挿《はさ》んだりした。小杉さんはより大胆に、夜私の部屋迄やって来た。その時、私は冷ややかな言葉で拒絶した。もしもっと優しい言葉で彼を諭していたら、彼は命を絶つことはしなかったかもしれない。もし彼の死に一端の責任があるとすれば、その一点だ」

美子はあらためて大友三郎の死と、小杉良平の死を引き比べずにはいられなかった。

「大友さんは人生を生き抜き、最後はこれでよいのだと、莞爾《かんじ》としてこれを受け入れた。小杉さんは一時の衝動に駆られ、あたら若い命をあっさり捨ててしまった。果たしてどちらが真の勇者なのだろうか。それは言うまでもないことだ。大友さんは、生きるとは生き抜くことだと、身をもって教えてくれた。もっと会っておきたかった」

大友への思慕に、彼女は夜の更けるのも忘れていた。

六

一陣の風が去ったように、小杉事件の後は美子の周辺には波風も立たず、仕事に打ち込んでいる内、彼女は何時しか熟年を迎えていた。

実家には久しく顔を出さなかったが、弟の誉が卒業し、市内のS整形外科医院に採用されたと聞き、彼女をほっとさせた。この次は良き配偶者に恵まれることだが、これはなかなか難しい。大友三郎のように、優れた伴侶と結ばれたのは、偏《ひとえ》に彼の人柄が縁を生んだのだと美子は確信していた。

そうした或る日「院長先生がお呼びですよ」と同僚から告げられ、何事と院長室に赴いた美子を、院長の栗山は愛想よく迎え入れた。

「何時もご苦労様。実は看護師長の梶原さんが今年一杯で停年退職されるのですがね、その後を引き受けてくれませんか」

「はい。ご期待に添えるかどうか解りませんが、やらせて戴きます」

美子の答えは率直だった。務めるようになってから早二十年近く、このような話が出て来ても不思議ではないと思っていた。それに仕事が倍増するわけでもない。看護師全体の責任者との自覚を持っていれば勤まるものと考えていたのだった。

「それは有難い。ついては形式的とも言えるが、小論文を書いて下さい。論題は自由、三枚程度で結構ですよ」

「解りました。一週間程時間を戴けますか」

「一週間でも十日でも結構」

院長は至って鷹揚だった。

その日から美子は論文の内容をどうしようかと思いあぐねたが、結局日頃考えていることを表に出せばよい、と腹を決めた。それは外来、病棟を問わず、看護師の在りかたそのものであった。

先ず看護師は技術に優れていなければならない。状況に応じて対処できる能力も必要だ。しかしより大事なことは、患者とどのような思いで向かい合うかだと、彼女は考えていた。それは患者を思いやる心であった。それがなければ、いかに技術が優れていても効果は充分とは言えない。看護師は常にそのことを念頭に置かなければならない。この思いは、大友三郎が「闘いの上に愛がある」と言った一言が、胸に深く染み込んでいるからであった。

文章を書くことをあまり厭わない美子は、程なく「外来、病棟における看護師の在りかた」と題する小論文をまとめ、院長に提出した。

「これで結構ですよ。貴女の考え方は正しい。是非スタッフの皆さんも実践するよう、指導して下さい」

院長は御満悦であった。

看護師長になってからも、美子は率先してよく働いた。これが百の言葉に勝ると思っていたからだった。

或る時彼女は用事があって皮膚科に赴いた。昼食時であったせいか、事務室には誰もいない。その代わりナースコールが頻りに鳴っている。六番の点滴室からである。急いで行って見ると、中年の男性が、点滴の針を刺したまま横臥している。点滴の液は空である。男は明らかに不快そうであった。

「済みません、お待たせして」

美子は針を抜き、後の処置をした。

男はやおら起き上がり、いずまいを正すと、彼女と向かい合った。

「実は担当の方が、後五分ですからと言い残して去られたのです。もう直ぐ見えると思いましたが、十分たっても現れない。とうとう三十分たちましたよ。その間ナースコールを鳴らしましたが誰も見えません。このコールは壊れているんですか」

「いいえ食事にでも参ったのでしょうか……」

美子はまずいことをしてくれたと直感した。

「食事は結構ですよ。それなら引継ぎをして下さらなければいけないでしょう。病院は患者あっての病院です。こういうことが重なりますと、病院全体の信用に関わりますよ。貴女はお見かけしたところ、看護師長でいらっしゃるようですね。よくよく皆さんを御指導して下さい」

「畏まりました。相済みません」

彼女は平身低頭した。

男は気分が和らいだのか、丁寧に礼を述べ去って行った。

翌朝の集会で美子は昨日のことを全員に伝え、「御互い気を引き締めましょう」と結んだ。

久し振り実家に帰った美子を、両親は心から歓迎した。

「すっかり御無沙汰致しました」

「いやいやこちらこそ」

父の豊は高血圧で要注意と言われていたが、明るく笑った。

義母の絹代は大分老け、白いものが目立ったが、元気そうだ。成長した弟の誉は、青年らしく闊達である。

エリスの墓に手を合わせてから戻って来た美子に、「今日は姉さんに頼みがあります」と誉が口火を切った。

誉の話によると、彼はこの一、二年、キリスト教会に通っている。生まれつき見えない境遇と照らし合わせ、人間存在の意味に思いを致しての結果らしい。そこで一人の女性と出会い、恋仲となり将来を誓い合ったが、女性の母親が強硬に反対し身動きがとれない。

「私もお願いに行ったけれど、盲は駄目とけんもほろろのご挨拶よ」

絹代が横から口を差し挟んだ。

女性の名は真崎千鶴子、家は市内で代々営まれて来た呉服商だが、主人は太平洋戦争で戦死、寡婦の妻は、女手一つで二人の娘を育て上げ、店の経営もやり抜いた苦労人であった。長女には既に婿を迎え、店の経営には問題はないのだが、末娘の結婚については、彼女自身強い願望を抱いていた。

「お母さんはクリスチャンじゃあないの」

美子が誉に尋ねた。

「ええ同じ教会員です」

「それじゃあ牧師さんに間に入って戴ければよいのじゃあないかしら」

「僕もそう思いましたが、この話になると、牧師さんも相手にならないんです」

どうにもならないと、彼は暗い表情だった。

「そう。困ったわね。それじゃあ私が一度お母さんにお会いしましょう」

美子は厄介な問題と思ったが、弟のために一肌脱ごうと心に決めた。

それから数日後、美子は半日休暇を取り真崎家を訪問した。応対に出た真崎夫人は六十恰好、いかにも商い家の主婦らしい風采を整えていた。

会話は初めから結婚問題であった。美子は愛する二人の結婚を許して欲しいと懇願した。

「それは出来ません。目の見えない方では困ります。私は主人が戦死した時、二人の娘を抱え途方に暮れました。それでも気を取り直し、育児と店の経営に全力を尽くして来ました。何とか持ち堪え、子供達も成長し、長女は婿を迎え、今は店の経営を任せてあります。それはよいのですが、千鶴子は体もあまり丈夫でなく、足にも故障があります。ですからいざという時に、彼女を背負ってでも動けるような丈夫な人でなければならないのです。目が見えない人ではそれが出来ません。結局彼女が苦労するだけです。そんな結婚を親として許すことは出来ません」

「お気持ちはよく解ります。しかし弟は、出来ることは何でも自分でやる人間です。

お嬢様をそんなに困らすことはないと思います。二人協力すれば、生活は立派に成り立つのではないでしょうか。私は駆け出しの頃、ある盲人のご夫婦と知り合いになりましたが、奥様は見えないことを価値判断の基準になさらず、一人の人間を愛されたそうです。お二人の協力振りは麗しい限りでした」

「そういう方もあるかもしれませんが、私共の場合は違います」

夫人はどこまでも頑なであった。

「奥様はキリスト教の信者でいらっしゃいますか」

美子は話の方向を転じた。

「そうです」

夫人ははっきり答えた。

「キリスト教では神様の前では皆平等ではございませんか」

「宗教上ではそうです。しかし現実問題となると、そうは行きません。私はあなたがこの結婚を止めて下さることを期待しているのです」

話は平行線を辿るばかりと美子は諦め席を立った。

帰り道、バス停迄見送ってくれた千鶴子に、「簡単には行かないわね。時間をかけましょう」と一言漏らしバスの人となった。

真崎家を訪問してから数日たった夜、仕事を終え、自室でほっとしているところに玄関のチャイムが鳴った。

「今頃誰かしら」

何時ものようにインターフォンで尋ねると、「千鶴子です」と意外な声が返って来た。はっとして急いで招じ入れ、「何かあったの」と問い質した。

「私、母の考えには付いて行けないんです。家を出て来ました。誉さんは何時でも迎えて下さるとおっしゃってます。お姉さま、済みませんけどここにいさせて下さい」

千鶴子の真剣な表情に美子は圧倒された。

「いいわよ。本当は円満に収めたいけれど、仕方がないわね。一応お母様には報せておきましょう」

美子はそう言うと受話器を取り上げた。

「千鶴子さんはここにおられますから御安心下さい」

「いいえ。家を出て行った者には用はありません。親子の縁を切ります。勝手に結婚して下さい」

真崎夫人は冷ややかに述べると、電話を切ってしまった。美子はふっと溜息をついた。

その日から程なく、丘の上の教会で、誉と千鶴子の結婚式が執り行われた。新郎側からは豊、絹代、美子の三人が、新婦側からは、千鶴子の友人三名が参列したに過ぎなかったが、会堂の最後部の座席に、真崎夫人がうずくまるように座っているのを、美子は目敏《めざと》く見つけた。

「あれほど冷ややかに縁切り宣言をしたのに矢張り親子なのだ」

美子は胸をつかれる思いだった。

式が終わると、夫人は素早く会堂を出て行った。美子はその後を追い、声を掛けた。

「お母様、有難うございます。態々《わざわざ》お出で戴いて」

夫人は振り向くと、強張った顔に殊更笑みを浮かべ、「涙も出ません。笑えますわ」と言い残し、再び坂を下りていった。美子は感慨を込め、その後ろ姿を見送っていた。

七

歳月は人を待たない。美子は何時しか五十の坂道を登りかけていた。

或る一夜、彼女は自室で思いに沈んでいた。

「看護の世界の人となってから、随分時が経った。その間、常に患者の心を第一に考えて来た心つもりだ。最後迄この姿勢を崩すまい。研習時代に回りあった大友さんの一言、「闘いの上に愛がある」が私を導いてくれたのだ。時に孤独を感じても、壁に掛けたエリスの写真は私を元気づけ、奈美お母さんの愛した薔薇の絵は慰めとなった」

その時突然鳴った電話のベルが、彼女の思いを中断した。義母絹代のものからである。

「お近くの山県さんが転んで足を折ってね、昨日貴女の病院で手術をされた筈よ。お見舞いに行ってちょうだい」

「それはとんだこと。山県の小母さんはよく知ってますから、明日お訪ねしますわ。誉達はどうしてますか」

「仲良くやってますよ。千鶴子さんのお産も近いし、また忙しくなるわ」

絹代はなんとなく浮き浮きしていた。

翌日、美子は病棟に山県夫人を見舞った。夫人には小さい時から可愛がってもらった親しい仲である。

「小母様、お悪いことを。お痛みになりますか」

「馬鹿なことをしてね。不注意だから誰にも文句はいえないわ。痛みはたいしてないけど、手術は辛かったわ。右の大たい骨だから、左を下にして三時間じっとしているのね」

「それは大変でした」

「それにこの頃の手術はああいうやり方をするのかしら」

「とおっしゃいますと?」

「お医者さんや看護師さん達が、陽気に談笑しながらやってるのよ。看護師さんなんか高笑いをしてね。皆さん遊びながらやっているといった感じよ。それがひどく気になってね、余計辛かったわ」

「それは間違いです。私がお手伝いする時など、先生は一点集中で、黙ってなさいますよ。こちらも緊張します。その先生は若い方ですか」

「ええ。まだ学生みたいな方でした。男の看護師さんもいたけど、その人は黙っていて、時々私に声をかけてくれたわ。あれが本当じゃあないの」

「そうです。私からよく話をしておきます」

美子は患者の気分を害するようなやり方には我慢が出来なかった。

翌日病棟の廊下で、山県夫人の手術を行なった吉富医師を見かけた美子は、駆け寄って声を掛けた。

「先生、山県さんの手術を有難うございました」と前置きし、夫人の感想を洗いざらい伝えた。

「ふん、そうですか。あれはね、僕のやり方なんです。その方が結果がよいと思ってですよ。貴女はそのことについて、一々註文をつける権利があるんですか」

吉富は明らかに不快そうだった。

「権利があるないの問題ではございません。一番大事な患者さんのことを御伝えしただけです。どうかお考え下さい」

美子は低調に頭を下げた。

「はいはい。解りましたよ」

彼はぷいと横を向き、そのまま去って行った。

「やれやれ」と美子は溜息をついたが、次の日、山県夫人を診察に来た吉富医師が、「手術の折は御不快な思いをおさせし、申し訳ありませんでした」と一言述べたのを聞かされた時、「矢張りよかったのだ」と看護師の役割をあらためて知らされる思いだった。

院長が新しく代わって間もなく、院長室からのお呼びが美子にかかって来た。

「やあ何時もご苦労様。まあお掛けなさい」

院長の梶山はにこやかである。

「貴女、松平胃腸内科病院の松平先生をご存じでしょうな」

「はい、よく存じ上げております。気さくなお方です」

「そうです。実はね、先生は大分前に奥様を亡くされて、お嬢さんとお二人で暮らしておられたんですが、最近お嬢さんが嫁がれましてね、後添えを迎えたいと言っておられるんだが、貴女どうですか。嫁ぐ気はありませんか」

唐突な話に美子は戸惑った。歴史は繰り返すというが、自分が義母の絹代と同じ立場に立たされようとは、思いもよらぬことであった。

「勿体無いお話でございますが、実は私、生涯独身で過ごそうと思っております。そのような訳で……」

美子は後の言葉を濁した。

「ほほう独身でねえ。それも大変なことだ。正直に言うと、松平先生は貴女のことが気に入ってててね、半ば世話を頼まれたんですよ。思い直せませんか」

院長は熱心である。

「はい、折角ですが、申し訳ありません」

彼女は頭を下げた。

「いやいやそんなことはありません。こういうことは自由ですからね。しかし残念だな。先生がっかりするだろうな」

院長は大仰に笑った。

院長室を辞してから、美子はかつて田所正一を熱愛した日のことを思い起こしていた。

「あの頃の私は青春の絶頂にあった。先生を熱愛し、今もその思いに変わりはない。今更と笑われるかもしれないが、別の道を選ぶことは出来ない」

再び仕事についた美子の念頭から、先程の一件は消え去っていた。

冬ざれの夜であった。美子の部屋の電話のベルが、静寂を打ち破った。

「誰だろう」

取り上げた受話器の奥で、絹代の堅い声が響いている。

「お父さんが倒れたの。直ぐ救急車を頼みますから、あなたも来てちょうだい」

「解りました」

父の豊は、ここ数年高血圧のため、要注意の身であった。「来るべきものが来た」

彼女は直感し病院へ急いだ。

既に豊は、救急治療室の寝台に横たえられていた。絹代も誉も傍らに控えている。当直医師は顔なじみの丸山医師である。

「先生、お世話様です。意識はございましょうか」

「いやありません。呼吸はありますが、それも弱いです。非常に危険な状態ですね」

医師はどこまでも冷静であった。

美子は父の顔に視線を落とした。老い込んでいるが、表情は静かである。彼女はこれが今生の別れと察していた。

「あっ今息が止まりました」

担当の看護師が医師に告げた。

「解りました。奥様、残念ですがお亡くなりになりました」

丸山医師は絹代に目礼したが、どこまでも冷静だった。

「有難うございました」

彼女は涙に濡れた顔で一礼し、夫の遺体に向かって手を合わせた。

「お父さんご苦労様」

美子は父の額に手を置き、一言呼びかけると、後は職場の人に立ち返っていた。

葬儀を終え、ひと落ち着きした美子は、父のことを回想せずにいられなかった。

「母奈美を亡くした時、『二人で生きて行こう』と言い切った父に共感を覚え、自分もしっかりせねばと覚悟をしたのだが、程なく父が再婚の意志を表した際は裏切りとさえ思い、反発を顕わにしたものだった。それかあらぬか後添えに来た絹代とは折が合わず、それが父にとって最大の悩みだったのではなかろうか。それがエリスの死を切っ掛けに解け出し、さぞ父はほっとしたと思う。早く家を出て、独立しようと思った私を引き止めたのはエリスの御蔭だが、それから数年、父は私の独立のために大きな力となってくれた。そう思うと今の私があるのは父あってのことなのだ。何の恩返しもせぬままに父は去ってしまった」

豊が亡くなった時は、涙一つ見せなかった美子は、ここに来て、熱いものがこみ上げて来るのを押さえることが出来なかった。

八

豊が去った後の西村家には、一抹の空虚さが漂っていたが、昨年誉達に授かった一女が、それを埋めるかのようににぎやかさを撒き散らしていた。心の中に寂しさを抱きながらも、絹代はその子の世話や、家事の手伝いに明け暮れする日々であった。

偶々《たまたま》美子が訪ねて来た折のこと、絹代が話を持ちかけた。

「お父さんの遺産のことだけど、貴女にも相続権があるのよ。相談に加わってちょうだい」

「そのことなら私は放棄しますわ。私の分は誉さんに上げて下さい」

彼女はもともとその心つもりだった。

「姉さん、それはいけませんよ」

誉が口を差し挟んだ。

「姉さんには僕達の結婚のことで、随分世話になりました。その上、そんな心遣いをして戴いては心苦しいですよ」

「いいのよ。私は独力でやって行けますから。その代わりという訳ではないけれど、お母さんのことはお願いね」

「それは大丈夫です。任せて下さい」

誉は男らしく言い切った。

絹代は美子の思いやりにただただ心温まるばかりであった。

病院勤務も余すところ三年、美子はその後の生活設計を胸に描いていた。

幸いこの地域にはU老人ホームがある。そこをついの住処としてつましく暮らそう。忙しさにかまけ、怠り勝ちだった読書も充分出来るだろう。好きな編物にも精を出そう。新しい人間関係も生まれるかもしれない。それまでは仕事に励み、有終の美を飾ろう。彼女はそう心に誓っていた。

偶々病棟を訪ねた日のこと、美子は新人看護師の黒江純子が暗い顔をしているのに気付いた。何時も明るい彼女なのにと声をかけた。

「どうかしたの、元気がないわね」

「ええ。失敗をして患者さんに叱られたんです」

「と言うとどういうこと」

「Uホームの方ですけど、肺炎で入院されていましたが、もう退院してもいいだろうから、明日迎えに来るよう連絡しなさい、と山城先生に言われ、主治医の藤井先生に相談もせず電話をしてしまったんです。患者さんに伝えましたら、藤井先生から話を聞いて決めることになっていた。患者を蚊帳の外に置いてはいけないと叱られました」

「そう。それはいけなかったわね。でもそうした行き違いは時にあることよ。主治医に相談しなかっただけが手落ちね。後はあなたに責任はないわよ。この程度で落ち込んでいたら駄目。元気をお出しなさい」

美子は笑いながら純子を励ました。

患者がUホームの人と聞き、美子は詫びがてらその人の部屋を訪ねた。病室の入り口には「野口大介」と名札がかかっている。

七十位の男性患者である。顔の色艶もよく、回復は間違いないであろうと彼女は推測した。

「看護師が大変ご迷惑をおかけしまして失礼致しました」

美子は丁寧に頭を下げた。

「いやいや、たいしたことではありません。ちょっとした手違いですよ」

起き上がった野口は愛想よく笑った。

「Uホームにお住いだそうですが、私も退職しましたら、そちらでご厄介になろうかと思っております」

「おおそれは何より、是非いらっしゃい。環境はよし、日常生活は自由ですよ。失礼だがあなたは御独りですか」

野口は立ち入った聞き方をした。

「はい、独りでございます」

「私も三年前に妻を失いましてね、独りなんです」

「それはお淋しいこと」

「ええそうなんです。良い妻でしたからね……」

一瞬野口の面に暗い影が走った。

「それでは気をつけてお帰り下さい」

美子は長居は無用と病室を後にした。

三年の月日はあっという間に過ぎ、美子は退職の日を迎えた。振り返って見れば、四十年一日も休まず、よく務めたことと感慨は深かったが、感傷は湧いてこなかった。各科を回り挨拶を済ませ、別れを惜しむ人達と手を取り合ってから、彼女は病院の門を出て行った。暫く歩んだところで、美子は後ろを振り仰いだ。見慣れた病院の高い建物が、その日は一段と眩しかった。

新しい住いUホームは、七階建ての本館と、四階建ての新館から成り立っている。入居者は約二百名、かなり大きな規模である。本館と新館に挿まれた中庭には桜をはじめとする木々が植えられ、静かな環境に趣を添えていた。

美子の部屋は本館六階の六百十号室、彼女一人には充分な広さであった。壁には相変わらずエリスの写真と、薔薇の絵がかけられている。家具といえば、一対のソファーとテーブルがあるだけで、美子の質素な暮らし向きが窺われた。

一週間ほどして、事務所に赴いた美子が用件を満たし帰ろうとした時、誰かが彼女の肩を軽く叩いた。驚いて振り返って見ると、病室で知り合った野口大介が笑顔で立っていた。

「まあ野口さん、一週間前に参りました。御挨拶もしないで……」

美子は頭を下げた。

「いやいや、ようこそ。一週間では、未だ何もお解りにならんでしょう。お急ぎでなければ、ロビーで少しお話をしましょうか」

「どうぞよろしく」

彼女は誘いに乗った。

正面玄関の近くに、かなり広いロビーがある。そこで二人は向かい合って座った。

「お出でになっての第一印象はいかがですか」

「はい、静かで落ち着いていられるような所だと思います」

美子は感じたままを答えた。

「それは何より。お部屋は何階ですか」

「六階の六一〇号です。私一人にとっては充分な広さです」

「それはよかった。私は四〇九におりますが、妻と二人の時はよかったのですが、一人になると勿体無い位です。まあ、これからゆったりお暮らしになるだろうが、ここには趣味のサークルがいくつかあって、それに加わるのも一方法ですよ。実は私は少人数で俳句の会をやっております。俳句には関心がお有りですか」

「はい。ございますが、全くの門外漢です」

　読書家の彼女は、時折俳句に接していた。

「いや皆どんぐりの背比べです。気が向いたらお出掛けください。一月一回、第四水曜日の午後二時から、大ホールの横の小ホールを借りています。メンバーは皆気さくな人ばかりですよ」

　ここで野口は一息入れ、やや仔細有りげな顔つきになり、「余計なことかもしれませんが、人の口には戸が立たないと申します。入居者同士のお付き合いは程ほどになさった方がよろしいですよ」と忠告めいた一言を漏らした。

「有難うございます。慎重に致します」

美子は軽く頭を下げた。

「それでは私はこれから風呂に行きますので失礼しますが、何か御用があったら四〇九に電話を下さい」

野口はそう言いながら立ち上がった。

「今後ともよろしく」

美子も立ち上がり、彼が去るのを見送った。

「よい人に出会ったのではないだろうか。最後の一言はしっかり胸に刻んでおこう」

部屋への道すがら、彼女は穏やかな気持ちに包まれていた。

その月の俳句の会に、美子は顔を出していた。

「新しく見えた西村さんです」

野口は全員に紹介した。女性三人、男性二人の小さな会である。皆が持参した作品を互選するのだが、美子は初めて俳句と向かい合う思いだった。

「参加している人達は皆楽しげに振るまっている。これがきっと私にとってよい遊びになるだろう」

彼女は将来への明るさを感じていた。

美子が入居して一月位した頃同じ六階の一室に、藤田律子と名乗る女性が入居した。彼女はとても六十を過ぎているとは思えないほど若々しく、しかも美しかった。時に浴室で一緒になっても、その体には張りがあり、みずみずしかった。

「この人は齢を偽っているのではないかしら……」

そう思えるほど美子を羨ましがらせた。

律子は美子と気が合うのか、よく部屋にやって来て話し込んで行く。口もよく回り、どちらかというと口数の少ない美子とは折り合うのかもしれない。

「だがこの人は何処へ行ってもこういう調子だろう。私の言ったことがどう伝わるか解らない。野口さんが忠告してくれたように言葉には気をつけよう」

美子はそう思いながら、律子の来訪を快く迎え入れていた。

秋も半ばの頃、美子は俳句の素材を探しに、ホームの周辺を散策していた。この辺りには空き地も多く、趣味のある入居者が、野菜の栽培や、花作りを楽しんでいる。美子はそれらを鑑賞し、部屋に帰って句に纏めようと中庭の方向に歩んでいた。その時、中庭を横切る老紳士の姿が眼に留まった。彼の背は丸く頭髪もかなり薄いが、足取りは未だしっかりしている。

「おや」

美子は男の横顔が、かつて熱愛した田所正一のそれによく似ているのが気になった。だが「四十年経ってここで再会するなど、万に一つあろう筈もない。他人の空似であろう」とそれ以上詮索もせず、部屋に戻り、句作にとりかかっていた。

美子の部屋からは、中庭を挿んで新館一階の部屋が正面に見下ろされる。ある日何気なく窓から眺めていると、先日目にした老人が、外伝いの廊下に現れ一室に姿を消した。

「どうもあの横顔には引っかかる。左から三番目に入ったから一二七号だ。事務所で確かめてみよう」

そう決めると、翌日彼女は事務所に赴いた。

「新館一二七号の入居者はどなたですか」

「一二七は田所正一さんですよ」

事務員は事も無げに答えた。

「矢張りそうだったのか！」

落雷のような衝撃が美子の全身を貫いた。

「田所さんがどうかされましたか」

事務員が怪訝そうに尋ねた。

「いいえ。何方か解ればよろしいのです」

彼女は乱さぬように気を配り、急いでその場を立ち去った。

「事実は小説よりも奇というが、事実、本当にあるのだ。何という運命の悪戯だろう」

美子は自室に戻り、暫く考え込んでしまった。

「これからどうしよう。今更名乗って何になろう。出来るだけ避けていよう。それが一番賢いのだ」

彼女は意を決し、それからというもの、一層田所の動向に注意を払うようになった。

だが或る日のこと、食堂から帰る廊下で、田所が正面からやって来るのに遭遇した。

「引き返そうか」

一瞬そう思ったが、「いや。思い切って擦れ違って見よう。どんな反応が現れるか試そう」

彼女は強いて胸を張り、正面を見詰めたまま前進した。

田所はやや俯き加減に近付くと、ちらっと美子に視線を走らせただけで、無表情に通り過ぎて行った。

「先生の記憶喪失か、それとも私が見分けのつかぬほどお婆さんになったのか……」

彼女は半ばほっとしたものの、空しさがこみ上げてきてならなかった。

そうした或る日、何気なく外を見下ろしていると、一二七号のドアが開いた。てっきり先生が現れるものと思っていたら、意外にも藤田律子が姿を現した。

「あら律子さんじゃあないの。あの人は何処へでも顔を出すから不思議でもないが、ちょっと行き過ぎではないだろうか」

美子の胸にはふっと疑念が浮かんだ。

年も代わり最初の句会、美子は何時ものように出席した。句作のこつもかなり解ってきたし、今回はきっとよい点が戴けるものと期待していた。交々《こもごも》挨拶を交し、会が始まろうとしていた時、田所正一がふらっと入って来たのには美子をはっとさせた。

「やあ田所さんようこそ」

野口は愛想よく彼を迎えた。田所は目礼し、空席に腰を下ろした。美子からは真正面である。小一時間彼の視線を浴びているのは苦痛だったが、野口が自己紹介をさせぬかと恐れた。だが野口はそれを求めず、互選が始まった。田所は初心者らしく、ただ会の進行を見守るだけだった。だが美子は日頃になく集中を欠き、精神は互選と田所に二分されていた。早く終わればよいのにと彼女は願った。

予定どおり会は終わり、田所は立ち上がっていた。

「またどうぞ」

野口の一声に、彼は軽く頭を下げ、飄然と去って行った。

翌月の句会に田所は現れなかった。

「俳句に関心が湧かなかったのか、それとも私に気付いたのだろうか」

美子はあらぬ疑いを抱いていた。

斜めに差し込む陽の中で、彼女は毛糸の編物を手掛けていた。そこへ久し振りに律子が現れた。


「まあ随分来なかったじゃあないの」

美子は編物の手を休め、快く迎え入れた。

「ええ、ちょっとね」

律子はそう言いながら椅子に腰を下ろすと、「私今度結婚するの」と言い放った。

「結婚するって、どなたと？」

「田所正一さんよ。一二七の」

あまりのことに美子は唖然とし、絶句した。

「あの人は婚約者があって結婚したけれど、折り合いが悪くってね、早く離婚したの。子供はいないのよ。何か病院にいた頃、慕ってくれた看護師さんがいて、その人と結婚した方がよかったかも、なんて言ってたわ」

「それは私よ」

美子は思わず叫ぼうとした。だが彼女は思いとどまった。

「先生と律子さんの間が解った今、明らかにしてどうなろう。それにおしゃべりの律子さんは、尾鰭をつけて言い触らすに違いない」

彼女は自重し、膝の上の編物に視線を落とした。

「結婚たって、茶飲み友達か後見人のようなものよ。夜は自室で寝ますからね。美子さん。今日は何だか顔色が悪いようね。どうかしたの」

「いいえ、昨日寝不足だったから……」

美子は気取られまいと、両手を頬に当てた。

「それはいけないわね。大事にしてよ。そんな訳で、暫く来れないけれど、また来るわね」

律子はそう言い残すと、早々に引き揚げて行った。

「早く帰ってくれてよかった。長居をされたら何が起こったか解らない」

美子は立ち上がると水を一口飲み、また椅子に身を沈めた。

「先生は律子さんの若々しさと美しさに引かれたのだろう。多くの人が彼女を魅力的と思うかもしれないが、先生にはそうあって欲しくなかった。どこかに非凡さがあると思っていたが、矢張り平凡な人だったのか」

彼女は青春の血を滾《たぎ》らせたあの日のことを思い起こし、はらはらと悔悟の涙を流した。

暫く来られない筈の律子が、思いのほか早く、それも何となく浮かぬ表情で現れた。

「何かあったな」

美子はそう直感した。

「田所さんが亡くなったの」

入って来るなり律子が口走った。

「えっ亡くなったって！　またどうして……」

美子も驚きを隠さなかった。

「夜中に心筋こうそくを起こしたの。私も呼ばれたけれど、もう亡くなってたわ。結婚してまだ三日目よ。それから後が大変。葬儀は、ここで施設長と保証人の友人と私で済ませたわ」

「呼んでくれたら参列したのに」

「いいのよ。あなたは特別な人ではないんだから。遺書もあって開いたけど、遺産は何とか医学研究所に寄付して欲しいだって。その他まだまだやることがあるの。私って馬鹿ね、結婚したりして。おかしなことを引き受けなければならなくなって」

「だってあなたは奥様じゃあないの。当たり前のことよ」

美子は冷ややかな口調で応じた。

「それはそうね。でも人が一人死ぬって大変なことだわ。まだ一仕事、二仕事あるの。それが終わったら、美子さん、温泉でも行かない。お湯に入って、ご馳走を食べて、ゆったりしたいわ」

「ええいいわよ。場所はあなたが決めてね」

「それは大丈夫、任せて」

律子はやや明るさを取り戻すと、「じゃあまたね」と帰って行った。

美子は立ち上がると、窓から一二七号室を見下ろした。

「先生はもうあの部屋から二度と現れない。総てが終わったのだ」

彼女は再び椅子に身を沈めた。

「さっき律子さんが話していったことは、あの人の性格から出たものかもしれないが、どうしても納得がいかない。先生が亡くなった後のことで大騒ぎをしている。温泉に行ってのんびりしたいなど論外だ。果たして彼女と先生の間には愛があったのだろうか。愛のない結婚は取引に等しい。

先生はもう私のことを見分けられなかったかもしれないが、私は矢張り先生の死が悲しい。葬儀に参列して、安らかにお休み下さい、と申し上げたかった。これが女心というものだろうか」

彼女は暫く瞑目したが、ややあって、壁に掛けられたエリスの写真に語りかけた。

「エリス。お前は皆解っているんだよね。

総ての人に死は平等に与えられ、それによって過去の幸福も不幸も相殺され、白紙に戻るのだ。そこから永遠の門が開かれる。その先がどんな世界か誰にも解らない。

だが少なくとも、この地上より平和な所だろう。

思えば過ぎ去った過去は、一夜の夢のようなものだ。いたずらに過去を思い煩うのはやめよう。今日一日を考えていればよいのだ。

そうだよね。エリス」

愛犬を見詰める美子の面には、ほんのり微笑が浮かんでいた。

あとがき

「雲と遊ぶ少年」について

太吉は伊豆長岡の大地主、狩野家の末子だが、長じて盲学校の教師となり、浜松盲学校で、私と席を同じくした。彼を描くことによって、旧家の一面を知ることが出来るが、この作の主人公は、父為蔵ではないかと思う。豪放磊落、誰が来ても悠揚迫らぬ人柄は、大家の全貌を想像させるものがある。

太吉と余一は、地主と小作の垣を越え、友情を結び、それぞれの道を選ぶが、彼らの後半生を描ければ、興味深いものになるであろう。

なお、太吉、為蔵とも仮名である。

「道草の記」について

手を取り合い、道草をしながら通ったゆきとさえのことは実話だが、敗戦後の花村新太郎とゆきの間柄は、事実に創作の筆が加えられている。

成長した二人が、恋敵のような関係になるのは、運命の皮肉さと言えよう。さえが、「人間の幸せは、道草をしたあの頃にしかない」と嘆ずるのは、作者の思想の代弁である。

夫をシベリアで亡くした静子のことは事実であって、ここにも戦争の暗い影が落とされている。

「永遠の門」について

本編の主人公、美子は架空の人物だが、彼女が看護師の世界で生きることについては、特別な意味はない。だが、作者はその世界の経験がなく、人伝に教えられたことを元にしているため、職業人美子の描写が足りないのは否定出来ない。

初恋に敗れた彼女は、晩年において再び運命の綾に晒されるが、達観した彼女が、愛犬エリスに向かって語りかける一節は、作者の人生観に通ずるものがある。

著者プロフィール

河相 洌（かわい きよし）

1927年カナダのバンクーバー市に生まれる。

1945年慶應義塾大学予科に入学するが、２年後失明のため中退。1952年慶應義塾大学に復学。1956年文学部哲学科卒業。

滋賀県立彦根盲学校教諭を経て、1960年静岡県立浜松盲学校に奉職。

1988年浜松盲学校を退職、現在に至る。

著書に『ぼくは盲導犬チャンピイ』『盲導犬・40年の旅―チャンピイ、ローザ、セリッサ』『ほのかな灯火―或盲教師の生涯』『大きなチビ、ロイド―盲導犬になった子犬のものがたり』『花みずきの道』『回想のロイド』『想い出の糸』『妻・繰り返せぬ旅』がある。

永遠の門

2019年２月15日　初版第１刷発行

著　者　河相 洌
発行者　瓜谷 綱延
発行所　株式会社文芸社
〒160-0022　東京都新宿区新宿１－10－１
電話　03-5369-3060（代表）
03-5369-2299（販売）

印刷所　株式会社フクイン

ISBN978-4-286-20264-8